러시아어
자음의 이해

내일을여는지식 어문16

러시아어 자음의 이해

변군혁 지음

한국학술정보㈜

|목차|

1 서 론 / 9

2 러시아어 연자음의 조음적 특징 / 13

    2.1. 러시아어 경자음 – 연자음의 변별 자질 분석__13
      2.1.1. 러시아어 연자음의 조음__14
      2.1.2. 러시아어 경자음 – 연자음의 변별 자질에 대한 기존연구__19
    2.2. 러시아어 경자음 – 연자음 대립에 대한 기존 음성학적 연구__31
    2.3. 요 약__39

3 이론적 배경 / 43

    3.1. 파열음__44
      · 기존 연구__45
    3.2. 마찰음__52
      · 기존 연구__53
    3.3. 파찰음__56
      · 기존 연구__57

4   러시아어 장애음의 실험 방법 / 61

4.1. 러시아어의 음성적 단서__61
4.2. 실험 방법__64
　4.2.1. 피실험자__64
　4.2.2. 실험자료__65
　4.2.3. 녹음방법__69
4.3. 레이블링 및 측정 방법__69
4.4. 통계 분석__75

5   러시아어 경자음과 연자음의 발화실험 / 77

5.1. CV 음절의 모음에 나타나는 F1, F2__78
　5.1.1. [high] 자질에 관한 검증: F1__78
　5.1.2. [back] 자질에 관한 검증: F2__83
　5.1.3. 요 약__89
5.2. CV 음절 경계에서의 F0__92
　5.2.1. 유성음과 무성음 뒤 모음의 F0__92
　5.2.2. 경자음과 연자음 뒤 모음의 F0__94
　5.2.3. 요 약__99
5.3. 파열음의 VOT__100

5.3.1. 유성파열음과 무성파열음의 VOT__101

5.3.2. 경자음과 연자음의 VOT__103

5.3.3. 요 약__107

5.4. 마찰소음 길이__109

5.4.1. 마찰음의 마찰소음 길이__109

5.4.2. 파찰음의 마찰소음 길이__112

5.4.3. 요 약__114

6 결 론 / 115

참고문헌 / 119

1. 서 론

　본서의 목적은 러시아어 음운 체계에서 가장 중요한 특징인 경자음-연자음 상관관계에서 이 두 음의 차이를 나타내는 음성적 단서를 찾아내는 것이다. 이를 위해 본서에서는 러시아어 원어민 화자들의 발화 실험을 통해 얻어진 자료들을 분석해 보겠다. 기존의 음성학 연구에서 러시아어 경자음과 연자음은 뒤따르는 모음의 F1과 F2에서 차이를 보인다. 본서에서는 우선 기존 연구와 마찬가지로 러시아어 경자음과 연자음이 뒤따르는 모음의 F1과 F2에서 차이를 보이는지 살펴보고, 이 음성적 단서 이외에 다른 음성적 단서가 없는지 살펴보고자 한다.

　먼저 본서에서 다루게 될 러시아어 경자음과 연자음의 대립에 관해 간단히 살펴보자.

　현대 러시아어 음소목록 중에서 가장 눈에 띄는 것은 다른 언어에 존재하지 않는 경자음(твёрдые)과 연자음(мягкие)의 대립이다.[1] 현대 러시아어 자음은 유성자음과 무성자음의 대립과 더불어 구개음화된 소리인 연자음과 이에 대응하는 경자음 대립 체계를 이루고 있다. 일반적으로 구개음은 환경에 따라 발생하는 변이음이지만 러시아어는 구개음화된 자음인 연자음이 음소로서 존재한다.

고대 러시아어 자음 체계가 오늘날과 같이 경자음과 연자음의 대립쌍을 가졌던 것은 아니다. 한때 모음에 포함되었던 연음성은 8C~12C 사이에 약화모음의 탈락과 함께 자음의 역할로 바뀌고, 연음성을 가진 연자음이 생겨나면서 러시아어 자음의 수가 급격히 증가하게 되었다(강홍주 외 1992). 이런 역사적 과정을 통해 변이음인 구개음들이 현대 러시아어에서는 자음의 독립된 음소가 되었다.

러시아어의 독특한 경자음 - 연자음 대립에 대해, Shupljakov 외 (1968)와 Avanesov(1972)는 경자음 - 연자음의 변별이 러시아어 자음체계의 가장 중요한 특징 중의 하나라고 하였다.

현대 러시아어 장애음[2]의 자음 체계를 살펴보면 다음과 같다.

[표 1] 러시아어 장애음 분류표 (강덕수 1990)

		입 술				혀						
						전설				중설	후설	
		양순음		순치음		d치음		치경음		경구개음	연구개음	
		경자음	연자음	경자음	연자음	경자음	연자음	경자음	연자음	연자음	경자음	연자음
파열음	유성음	b	b'[3]			d	d'				g	g'[4]
	무성음	p	p'			t	t'				k	
파찰음	무성음					c				č		
마찰음	유성음			v	v'	z	z'	ž				
	무성음			f'	f'	s	s'	š			x	x'
전이음	유성음									j		

---

1) 러시아어 경자음과 연자음에 대한 용어는 다양하게 사용된다. 경자음을 나타내는 용어로는 'hard', 'non-palatalized', 'plain', 'velarized'가 있고, 연자음을 나타내는 용어로는 'soft', 'palatalized'가 있다. Rubach(2000)는 러시아어에서 plain 자음은 존재하지 않고, 자음은 경구개 쪽으로 올려 발음하는 palatalized와 연구개 쪽으로 올려 발음하는 velarized로 구분된다고 하였다.
2) 자음 분류표에서 전이음 /j/는 장애음이 아니다. 전이음을 표시한 이유는 러시아어 연자음의 조음점과 관련된 음이기 때문에 임의적으로 여기에 포함시켰다.

위의 표에서 보듯이, 러시아어 장애음은 몇 개의 자음을 제외하고 대부분의 자음들이 경자음 - 연자음의 상관관계를 형성한다. 경자음 - 연자음 대립쌍을 갖지 않는 자음은 마찰음 /š/, /ž/와 파찰음 /c/, /č/가 있다. 러시아어 자음 체계에서 마찰음 /š/, /ž/와 파찰음 /c/는 항상 경자음으로 발음되고, 파찰음 /č/는 항상 연자음으로 발음된다. 그리고 연구개음 /g/, /x/의 변이음 [g'], [x']는 경자음 - 연자음 대립을 보이는 최소 대립쌍을 갖지 않는다. 또한 경자음 /k/와 연자음 /k'/는 제한된 경우에만 나타난다. 러시아어에서 이 자음들을 제외한 자음들은 경자음 - 연자음의 상관관계를 형성하고 있다.

러시아어의 가장 중요한 특징인 경자음과 연자음의 대립에 관한 연구들은 주로 음운론적 연구가 대부분이었다. 물론 러시아어 분절음에 대한 음성학적 연구로 Avanesov(1956, 1972), Panov(1967), Halle (1971), Bondarko(1977), Bolla(1981), Padgett(2001) 등이 있다. 그러나 이 연구들은 조음음성학적 관점에서 러시아어 음들이 어떤 조음 위치에서 이루어지는지에 관심을 가지는 것으로 실질적인 실험음성학적 연구는 아니다. Halle(1971)의 'Sound Pattern of Russian'(이하 SPR)은 2부에서 음성학의 일부를 다루고 있지만 이를 본격적인 실험 음성학 연구라고 볼 수 없다. 이 연구들 중에서 Bondarko(1977)와 Bolla(1981)의 연구는 러시아어에 대한 음성 분석이 본격적으로 이루

---

3) 자음 위의 C' 표시는 러시아어 연자음에 대한 표기이다. 일반적으로 러시아어 음운론에서는 연자음을 표기할 때 자음의 위쪽에 ' 을 붙여 나타낸다.

4) Avanesov(1984)는 경자음 /g/, /k/, /x/에 대응되는 연자음 쌍을 자음 체계에 두지 않고 있다. 연자음 [g'], [k'], [x']의 경우에는 제한된 경우에 한해서만 사용되는 소리이다. 경자음과 연자음을 결정짓는 중요한 위치인 어말에서는 경자음 /g/, /k/, /x/만 나타나는 상보적 분포 관계를 보인다. 따라서 이 세 음은 음소라기보다는 경자음 /g/, /k/, /x/에 대한 변이음으로 간주한다(Avanesov 1956: 170).

어진 연구라 할 수 있다. Bolla(1981)의 연구에서는 러시아어 자음과 모음의 조음 장소, 조음 방법, F0, F1, F2, 분절음의 길이 등을 자세히 소개하고 있다. 그러나 실험 결과에 대한 분석이 부족하고 경자음과 연자음의 차이에 대한 기준을 제시하지 않는다. 이와 같이 러시아어에 대한 실험음성학적 연구는 충분히 이루어지지 않고 있다.

아직까지 국내에서는 러시아어에 관한 실험음성학 연구가 나오지 않은 현실에서 본서가 실험음성학에 대한 본격적인 논의를 시작한다는 점에서 의의를 찾을 수 있다.

본서의 구성은 다음과 같다.

2장에서는 러시아어 연자음에 관한 기존 연구들을 통해 러시아어 연자음의 조음 특징을 정리한다. 먼저 러시아어 연자음이 어떤 변별 자질 특징을 가지고 경자음과 대립되는지 살펴본다. 그리고 이와 관련된 기존 연구들을 살펴본다.

3장에서는 본서의 실험에 앞서, 다른 언어에서 장애음을 구분하기 위해 어떤 음성적 단서들이 사용되었는지 살펴본다. 이를 통해 기존 연구에서 러시아어 경자음과 연자음을 구분하기 위해 사용된 단서 이외에 다른 음성적 단서가 없는지 알아본다.

4장에서는 본서의 실험에 앞서 본서에서 사용될 실험 방법을 제시한다.

5장에서는 러시아어 경자음과 연자음의 발화 실험을 통해 나타난 자료를 분석하여 러시아어 경자음과 연자음이 어떤 음성적 단서로 구분되는지 살펴본다.

6장에서는 본서에 나타난 실험 결과를 정리하고 향후 연구에 관해서 언급한다.

 # 2. 러시아어 연자음의 조음적 특징

본 장에서는 음운론적 관점과 음성학적 관점에서 러시아어 연자음의 조음 특징을 살펴본다. 먼저 음운론적 관점에서 러시아어 연자음이 경자음과 어떤 변별 자질에서 차이를 보이는지 살펴본다. 그리고 연자음과 경자음의 변별 자질 차이가 음성학적 연구들에서 어떻게 입증되는가를 살펴본다. 음운론과 음성학 연구의 결과를 비교하여 기존 연구들에서 러시아어 연자음은 어떤 특징을 가지는지 살펴본다.

2.1. 러시아어 경자음 – 연자음의 변별 자질 분석

러시아어 연자음의 조음이 어떻게 이루어지는지 알아보고, 기존 연구들에서 경자음과 연자음이 어떤 변별 자질로 대립을 이루고 있는지 살펴본다. 이를 토대로 러시아어 연자음을 표현할 수 있는 변별 자질은 무엇인지 살펴보고자 한다.

2.1.1. 러시아어 연자음의 조음

러시아어 연자음의 조음은 경자음에 [j] 음이 덧붙여져 이루어진다. 다른 언어에서는 특정 환경에서 구개음화에 따른 변이음이 존재하는 반면에 러시아어에서는 구개음화된 소리가 변이음이 아니라 독립적인 음소로서 존재한다.

Halle(1971)는 경자음과 연자음의 조음 방법을 설명하면서 Broch (1911)의 설명을 인용하였다. 러시아어 연자음은 혀를 경구개 쪽으로 올려 발음하고 경자음은 혀가 뒤쪽으로 움직이고 혀의 뒷부분을 연구개 쪽으로 올려 발음한다(Broch 1911: 224, Halle 1971에서 재인용).

> While one articulary group, the 'soft' sounds, moves the tongue forward and thereby raises its upper part towards the front of the hard palate: a second group is distinguished by the fact that it moves the tongue mass backward and raises its dorsum at different heights towards the soft palate.

아래 [그림 1]은 러시아어 순음 /p/의 경자음과 연자음 발음을 비교한 것이다. 러시아어에서 연자음 /p'/는 경자음의 조음 위치를 변화시키지 않고 2차 조음을 위해 혀 앞부분이 경구개 쪽으로 올려 발화된다. 아래의 순음 /p'/의 예에서 보듯이, 러시아어 연자음은 경자음의 기본 조음에 2차 조음 [j]가 덧붙여진 소리이다.

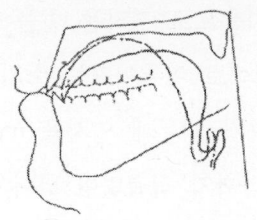

[그림 1] 경자음 /p/와 연자음 /p'/

실선으로 표시된 부분이 경자음 /p/ 조음이고, 점선으로 표시된 부분이 연자음
/p'/ 조음이다. 연자음 /p'/에서 순음의 1차 조음은 그대로 반영되고, 2차 조음의
영향으로 혀가 경구개 쪽으로 들어 올려 발음된다(강덕수 1990: 39).

그러나 다른 자음과 달리 러시아어 치음 /t/와 /d/는 대응되는 연
자음 조음 시 성질이 변한다. Jones and Ward(1969), Halle(1971),
Avanesov(1984)는 연자음 치음 /t'/와 /d'/의 조음 시 파열음적 성질
이 변질된다고 하였다.

아래 그림 2는 치음 /t/의 경자음과 연자음의 조음점을 비교한
것이다. 그림에서 보듯이, 러시아어 치음 /t/와 /d/는 경자음에 비해
연자음의 조음 시 혀의 협착 부분이 상당히 커진다.

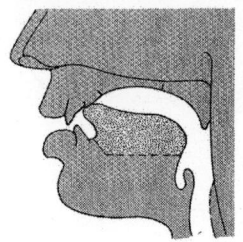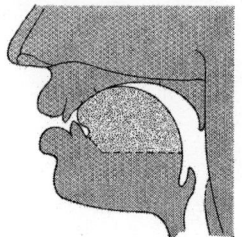

[그림 2] 경자음 /t/와 연자음 /t'/

왼쪽 그림이 경자음 /t/ 조음이고, 오른쪽 그림이 연자음 /t'/ 조음이다. 경자음에 비
해 연자음의 조음이 경구개 쪽으로 많이 이동하고 협착 부분이 상당히 커진다(Jones
and Ward 1969: 99, 103).

파열음 /t/와 /d/는 치음으로 경자음 발음 시 혀 끝과 혀 앞부분의 좁은 부분에서의 폐쇄로 이루어지는 소리이다. 그러나 연자음의 경우 [j]를 동반해야 하기 때문에 연자음 /t'/와 /d'/는 혀의 접촉면이 치경 혹은 경구개 앞까지 접촉면이 넓어지고 혀 끝은 낮아진다. 접촉면이 넓어진 결과로 파열 시 경자음보다 발음이 지연되면서 약간의 마찰소음이 발생하여 /t/, /d/의 파찰음화가 일어난다. 이 결과 연자음 치음 /t'/, /d'/는 [+distributed] 자질이 첨가된다.[5]

[표 2] 치음의 [distributed] 자질 비교

	d	d'	t	t'
distributed	−	+	−	+

러시아어 자음 체계에서 마찰음 /š/, /ž/와 파찰음 /č/가 경자음 − 연자음 상관 쌍을 갖지 않는 이유는 조음 장소에서 답을 찾을 수 있다. 러시아어 연자음의 2차 조음 장소는 전이음 /j/가 조음되는 경구개이다. 러시아어 연자음은 1차 조음이 그대로 유지되면서 2차 조음 [j]가 덧붙여진 소리이기 때문에, 연자음의 조음 장소인 경구개 위치에서는 대응되는 경자음의 조음이 이루어질 수 없다. 따라서 경구개 위치에서 조음되는 파찰음 /č/는 대응되는 경자음 쌍을 가질 수 없다.

또한 마찰음 /š/와 /ž/는 치경음으로 경구개와 매우 가깝게 위치

---

5) Keating(1988)에서는 연구개 경자음과 연자음의 구분을 위해 [distributed] 자질을 포함시켰다. 연자음들이 경구개의 많은 부분에 접촉면을 가지지만, 경자음들은 연구개 내에서 훨씬 작은 부분의 접촉면을 갖기 때문에 경자음은 [−distributed]를, 많은 부분의 접촉면을 갖는 연자음은 [+distributed]를 갖는다.

하고 있다. 경구개와 치경음은 가끔씩 겹치기도 한다. 이에 대한 설명을 위해 먼저 음운론에서 분류하는 경구개의 위치를 살펴볼 필요가 있다.

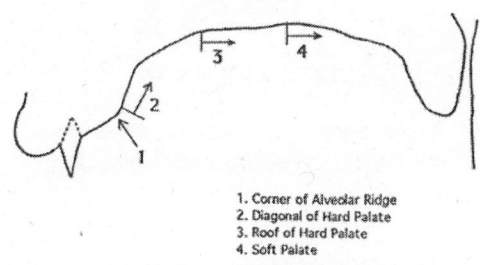

1. Corner of Alveolar Ridge
2. Diagonal of Hard Palate
3. Roof of Hard Palate
4. Soft Palate

[그림 3] 조음 위치 구분

구강 내 조음 위치를 구분한 그림으로 1번은 치경의 경계이다. 경구개는 두 부분으로 나뉘는데 2번은 경구개가 경사를 이루는 부분이고, 3번은 경구개가 평행을 이루는 부분이다. 그리고 연구개의 시작점은 4번으로 표시하였다(Keating 1993: 77).

[그림 3]에서 보듯이, 경구개의 위치는 치경과 경구개의 경계인 2번에서 시작하여 연구개가 시작되는 4번까지를 포함하는 매우 넓은 부분을 차지하고 있다. 러시아어 마찰음 /š/, /ž/의 조음점은 치경의 끝인 1번 지점이고, 영어 마찰음 /š/, /ž/의 조음점은 2번 지점인 경구개치경(palato - alveolar)으로 두 언어의 마찰음 /š/, /ž/는 조음점이 다르다.

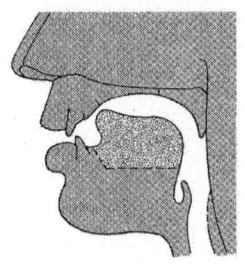

[그림 4] 마찰음 /š/와 /ž/

러시아어 마찰음 /š/와 /ž/의 조음은 치경 끝 부분
에서 이루어진다(Jones and Ward 1969: 134).

Chomsky and Halle(1968)에서는 마찰음 /š/, /ž/를 기준으로 이
자음보다 앞에서 조음되는 음들은 [+anterior](이하 [ant]) 자질을
갖고, 뒤에서 조음되는 음들은 [－ant] 자질을 갖는다. 따라서 영어
마찰음 /š/, /ž/는 치경 뒤에서 조음되어 [－ant] 자질을 갖는다. 하
지만 러시아어 마찰음 /š/, /ž/는 위 [그림 4]에서 보듯이, 영어 마
찰음 /š/, /ž/보다 앞쪽에 위치한 치경과 경구개의 경계에서 치경
뒤쪽에서 발음된다. 따라서 영어의 마찰음 /š/, /ž/와 달리 [+ant]
자질을 갖는다.

[표 3] 영어와 러시아어 마찰음 /š/, /ž/의 **[ant]** 자질 비교

	영 어		러시아어	
	š	ž	š	ž
[ant]	－	－	＋	＋

비록 러시아어 마찰음 /š/, /ž/가 영어와 달리 치경에서 조음이
되기는 하지만 경구개와 매우 근접해 있다. 만일 이 마찰음들이

대응되는 연자음을 가질 경우, 조음점이 매우 가까워서 이 음들과의 차이점을 구분하기 힘들다. 또한 마찰음 /s/, /z/의 연자음 쌍인 /s'/, /z'/와의 구분도 힘들다.[6] 따라서 러시아어 치경 마찰음 /š/, /ž/는 대응되는 연구개음 쌍을 갖고 있지 않다. 아래 표에서 보듯이, 마찰음 /š/, /ž/와 연자음 /s'/, /z'/은 조음점이 매우 가까이 있어서 [ant] 자질로는 구분이 되지 않는다. 영어와 러시아어의 마찰음에 나타나는 [ant] 자질을 비교하면 다음과 같다.

[표 4] 영어와 러시아어 마찰음의 [ant] 자질 비교

	영 어				러시아어			
	s	z	š	ž	s	z	š	ž
[ant]	+	+	−	−	+	+	+	+

마찰음 /š/, /ž/가 경자음과 연자음의 대립쌍을 갖지 않는 것에 대해서는 뒤의 변별 자질 측면에서 다시 다루겠다.

2.1.2. 러시아어 경자음 – 연자음의 변별 자질에 대한 기존연구

앞에서 보았듯이, 러시아어 연자음은 대응되는 경자음에 [j] 쪽으로 혀를 올려 발음된다. 여기서는 기존 연구들을 통해 이러한 러시아어 연자음의 조음적 특징이 어떤 변별 자질의 대립으로 나

---

6) 본래 마찰음 /š/, /ž/는 연자음으로 경구개에서 조음이 되었다. 그러나 14세기경에 연자음 /s'/, /z'/가 새롭게 생겨남에 따라 연자음 [š], [ž]와 혼동을 일으킬 수 있게 되었다. 따라서 [s']와 [š], [z']와 [ž]의 조음적 차이를 확실하게 하기 위하여 [š]와 [ž]는 경자음의 위치로 조음점을 바꾸게 되었다(강흥주 외 1992: 136).

타나는지 살펴본다.

먼저 Halle(1971)의 연구를 살펴보자. Halle(1971)의 SPR에 나타나는 변별 자질들은 러시아어 원어민의 발화 분석 시 나타나는 음성적 특징을 바탕으로 하여 기술하였다.

SPR에 나타난 러시아어 장애음에 관한 변별 자질표를 살펴보면 다음과 같다(Halle 1971: 45).[7]

[표 5] SPR의 러시아어 자음 자질 분류표

	j	b	b'	p	p'	d	d'	t	t'	g	x	k	k'	v	v'	f	f'	s	s'	z	z'	c	č	ž	š
vocalic	−	−	−	−	−	−	−	−	−	−	−	−	−	−	−	−	−	−	−	−	−	−	−	−	−
cons	−	+	+	+	+	+	+	+	+	+	+	+	+	+	+	+	+	+	+	+	+	+	+	+	+
diffuse	0	0	0	0	0	0	0	0	0	0	0	0	0	0	0	0	0	0	0	0	0	0	0	0	0
compact	0	−	−	−	−	−	−	−	−	+	+	+	+	−	−	−	−	−	−	−	−	−	+	+	+
low ton	0	+	+	+	+	+	+	+	+	+	+	+	+	−	−	−	−	−	−	−	−	−	−	−	−
strident	0									0	0	0	0	+	+	+	+	+	+	+	+	+	0	0	0
contin	0	0	0	0	0	0	0	0	0	−	+	−	−	0	0	0	0	+	+	+	+	−	−	+	+
voiced	0	+	+	−	−	+	+	−	−	+	0	−	−	+	+	−	−	−	−	+	+	0	0	+	−
sharped	0	−	+	−	+	−	+	−	+	0	0	−	+	−	+	−	+	−	+	−	+	0	0	0	0

위의 변별 자질 도표에서는 경자음과 연자음을 구분하는 자질로 [sharped][8]를 사용하였다. 이 자질에 따라 경자음은 [−sharped], 연자음은 [+sharped]로 구분하였다(Halle, 1971: 149). Panov(1967)도 Halle(1971)와 마찬가지로 러시아어 경자음과 연자음을 구분하기 위해 [диезный][9] 자질을 사용하였다. 경자음은 'диезный'로, 연

---

7) 표에 나타난 '0'은 잉여자질을 의미한다. 예를 들어 문맥에 상관없이 항상 경자음으로 사용되는 /c/의 경우 [sharped] 자질에서 '0'으로 표시한다.
8) [sharped] 자질은 러시아어 연자음의 혀를 올려 발음하는 조음 특징에 대한 자질이다.
9) 러시아어 'диезный'는 'sharped'라는 의미를 가진다. 이 자질은 Halle(1971)에서 러시아어 연자음을 [sharped]로 구분한 것과 동일한 것이다.

자음은 'недиезный'로 각각 구분하였다. 이에 따라 러시아어 경자음은 [-диезный] 자질을 가지고, 연자음은 [+диезный] 자질을 가진다.

Halle(1971)와 Bolla(1981)는 러시아어 경자음과 연자음의 차이는 조음 시 인두(pharynx)를 넓히고 좁힘에 따라 차이가 난다고 하였다. 앞선 [그림 1]의 순음의 예에서 보듯이, 대부분의 경우 연자음은 인두를 넓혀서 발음하고 경자음은 인두를 좁히거나 중립적인 상태에서 발음한다. 이에 대한 결과는 포만트 전이에서 분명하게 나타난다. Fant(1960)는 모든 연자음들이 뒤따르는 모음의 전이에서 모음의 F2 값이 1,700Hz 이상이고, 경자음은 1,400Hz 이하에서 나타난다고 하였다(Halle 1971: 151 - 152에서 재인용).

강덕수 외(1995)에서는 Halle(1971), Panov(1967)와 달리 경자음과 연자음을 구분하기 위해 SPR에서 사용된 [sharped]([диезный]) 자질 대신 연자음의 조음 위치를 나타내는 [palatal](이하 [pal]) 자질을 사용하였다.10) 즉 경구개에서 조음이 이루어지는 연자음은 [+pal]을 가지고 이외의 다른 부분에서 조음이 이루어지는 경자음은 [-pal] 자질값을 갖는다.

강덕수 외(1995)에 나타난 변별 자질표는 다음과 같다(강덕수 외 1995: 30 - 31).11)

---

10) [pal] 자질은 조음 장소 자질인 [high], [back]과 함께 러시아어 연자음을 나타내기 위해 사용되는 중요한 자질이다.
11) 진하게 표시한 부분은 연자음의 조음 장소와 관련된 자질들이다.

[표 6] 강덕수 외(1995)의 러시아어 자음 자질 분류표

	p	p'	b	b'	t	t'	d	d'	k	k'	g	g'	c	з	č	ž
syll	−	−	−	−	−	−	−	−	−	−	−	−	−	−	−	−
cons	+	+	+	+	+	+	+	+	+	+	+	+	+	+	+	+
son	−	−	−	−	−	−	−	−	−	−	−	−	−	−	−	−
nas	−	−	−	−	−	−	−	−	−	−	−	−	−	−	−	−
ant	+	+	+	+	+	+	+	+	−	−	−	−	+	+	−	−
cor	−	−	−	−	+	+	+	+	−	−	−	−	+	+	+	+
high	−	+	−	+	−	+	−	+	+	+	+	+	−	−	+	+
low	−	−	−	−	−	−	−	−	−	−	−	−	−	−	−	−
back	−	−	−	−	−	−	−	−	+	−	+	−	−	−	−	−
cont	−	−	−	−	−	−	−	−	−	−	−	−	−	−	−	−
del.rel	−	−	−	−	−	−	−	−	−	−	−	−	−	−	+	+
strident	−	−	−	−	−	−	−	−	−	−	−	−	+	+	+	+
voiced	−	−	+	+	−	−	+	+	−	−	+	+	−	+	−	+
pal	−	+	−	+	−	+	−	+	−	+	−	+	−	−	+	+

	f	f'	v	v'	s	s'	z	z'	š	š'	ž	ž'	x	x'	j
syll	−	−	−	−	−	−	−	−	−	−	−	−	−	−	−
cons	+	+	+	+	+	+	+	+	+	+	+	+	+	+	+
son	−	−	+−	+−	−	−	−	−	−	−	−	−	−	−	+
nas	−	−	−	−	−	−	−	−	−	−	−	−	−	−	−
ant	+	+	+	+	+	+	+	+	+	+	+	+	−	−	−
cor	−	−	−	−	+	+	+	+	+	+	+	+	−	−	−
high	−	+	−	+	−	+	−	+	−	+	−	+	+	+	+
low	−	−	−	−	−	−	−	−	−	−	−	−	−	−	−
back	−	−	−	−	−	−	−	−	−	−	−	−	+	−	−
cont	+	+	+	+	+	+	+	+	+	+	+	+	+	+	+
del.rel	−	−	−	−	−	−	−	−	−	−	−	−	−	−	−
strident	+	+	+	+	+	+	+	+	+	+	+	+	−	−	−
voiced	−	−	+	+	−	−	+	+	−	−	+	+	−	−	+
pal	−	+	−	+	−	+	−	+	−	+	−	+	−	+	

위의 변별 자질표에 사용된 [+pal] 자질은 조음자인 혀가 경구
개 쪽으로 올려 발음이 되는 자질로 이 자질값을 갖는 음들은 경

구개 쪽으로 혀가 이동하여 발음함을 나타낸다.

Kochetov(2002)에서도 러시아어 경자음과 연자음을 [pal] 자질로 구분하고 있다. Kochetov(2002)에서 [+pal] 자질은 혀(tongue body)가 경구개에서 조음을 하는 소리의 특성이고, [-pal] 자질은 혀(tongue body)가 연구개에서 조음을 하거나 2차 조음이 없는 소리의 특성이다.

강덕수 외(1995)의 자질표에서 러시아어 연자음들이 갖고 있는 공통된 자질을 살펴보면 [+pal] 자질 이외에 [+high] 자질과 [-low] 자질을 공통적으로 가지고 있다. 따라서 러시아어 연자음의 공통된 변별 자질은 혀를 위로 올려 발음하는 자질인 [+high, -low]임을 알 수 있다. 이 두 자질은 서로 잉여적 관계에 있기 때문에 러시아어 연자음의 공통적인 변별 자질은 [+high]이다. 또한 연자음들은 [-back] 자질을 공통적으로 갖는다. 이는 러시아어 연자음들은 연구개 앞에서 조음이 이루어짐을 말한다. 이를 토대로 러시아어 연자음의 조음 특징을 말하자면, 러시아어 연자음은 혀를 연구개 앞에서 위로 올려 발음되는 소리이다.

Rubach(2002)는 Halle(1971), 강덕수 외(1995)와 달리 러시아어 연자음을 장소의 자질 [+high, -back]로 나타내었다. Halle(1971)와 강덕수 외(1995)에는 러시아어 연자음 음소에 관한 연구인 반면, Rubach(2002)는 구개음화 음운 규칙을 적용하여 음성적 변이형을 도출해 내고 있다. 그러나 러시아어에서 연자음(palatals)과 구개음화된 소리(palatalized)는 동일한 음가를 가지고 있기 때문에 Rubach(2002)의 구개음화는 Halle(1971), 강덕수 외(1995)의 연자음 음소와 동일하다. 또한 다른 학자들(Kochetov 2002, Padgett 2003)

도 러시아어 연자음을 나타낼 때, 러시아어 연자음과 구개음화된 변이음을 동일시하고 있다.

이처럼 Rubach(2002)에서는 전설모음 앞에서 러시아어 자음들이 구개음화를 일으키는 구개음화된 소리들을 연구하였다. 러시아어 구개음화 현상은 전설모음 /i/와 /e/ 앞에서 경자음을 연자음으로 변화시키는 음운현상(예: brat[t] 주격 '형은', brate[t'] 여격 '형에게')으로 Rubach(2002)는 구개음화 현상을 다음의 규칙으로 설명하였다.

Palatalization – e: [+cons]→[−back, +high]/___[+syll, −back, −high]
Palatalization – i : [+cons]→[−back, +high]/___[+syll, −back, +high]
(Rubach 2002)

위 두 규칙에서 [high] 자질은 환경과 관계없이 발생하는 잉여적인 자질이기 때문에 [high] 자질을 제외하고 일반화시켜 하나의 단일한 규칙으로 만들 수 있다.

Palatalization: [+cons]→[−back, +high]/___[+syll, −back]
(Rubach 2002)

러시아어 자음은 2차 조음의 영향을 받아서 경자음이 되거나 연자음이 되어야 한다. 즉 중립적인 자음은 없다(Öhman 1965, Rubach 2002, Padgett 2003). 따라서 연자음은 [+high, −back] 자질을 갖고, 경자음은 [+high, +back] 자질을 갖는다.

Rubach(2002)는 러시아어 연자음의 공통된 특징을 혀의 전후와 관련된 [back] 자질과 고저와 관련된 [high] 자질의 조합인 [+high,

-back] 자질로 표현하였다. 이는 혀가 연구개 앞쪽에서 그리고 높은 자리에서 조음이 된다는 것을 의미한다. 즉 앞서 살펴본 것과 마찬가지로 전이음 /j/에 가깝게 발화함을 말해 준다.

Rubach(2002)는 강덕수 외(1995)와 마찬가지로 러시아어 연자음들의 공통된 자질로 [+high] 이외에 [-back] 자질을 주장한다. 연구개 자음들은 경자음 조음 시 [+back] 자질을 갖는 반면, 대응되는 연자음들은 모두 [-back] 자질을 갖고 있다. [back] 자질에 대한 연구개 조음의 상반된 값은 연구개 연자음의 조음점을 분석하여 해결할 수 있다.

Jones and Ward(1969)의 그림을 보면 러시아어 연구개 경자음들은 대응되는 연자음을 발음할 때, 연구개와 경구개의 경계에서 경구개 쪽으로 좀 더 앞당겨서 발음한다.12)

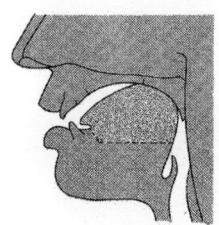 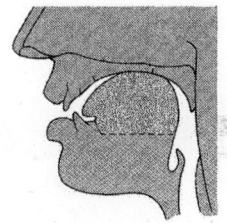

[그림 5] 경자음 /k/와 연자음 /k'/

왼쪽 그림이 경자음 /k/ 조음이고 오른쪽 그림이 연자음 /k'/ 조음이다. 연자음 조음 시 연구개의 경계 훨씬 앞쪽까지 협착이 일어난다(Jones and Ward 1969: 110, 113).

위의 그림에서 나타난 결과를 보면, [back] 자질의 구분은 연구

---

12) Keating(1993)은 러시아어 연구개 연자음 /k'/의 조음은 대응되는 경자음 /k/보다 혀를 앞당겨서 발음하므로, 연자음 /k'/의 조음 위치는 경구개 뒤쪽에서 이루어진다고 하였다.

개와 경구개의 경계에서 이루어지기 때문에 러시아어 연자음은 [-back] 자질을 갖는다.

또한 강덕수(1990)에서도 연자음성(палатализация) 정도가 능동적 발성기관의 조음 위치에 따라 차이가 난다고 하였다. 후설자음 [k'], [g'], [x']는 대응되는 경자음과 비교해 볼 때, 대단히 앞으로 전진된 위치에서 발생하여 이 소리들은 후설자음적(заднеязычные)이라기보다 중설자음적(среднеязычные) 또는 구개음적(палатальные) 조음의 특성을 갖고 있다. Rubach(2000)도 /k/, /g/, /x/가 구개음화를 일으키면, 이 음들의 조음점이 앞쪽으로 이동하여 [-back] 자질을 가진다고 하였다. 따라서 /k'/, /g'/, /x'/도 다른 연자음들과 마찬가지로 [-back] 자질을 가지는 것이 옳다.

여기서 알 수 있듯이, 러시아어 연자음 조음은 혀의 위치를 위로 올려 발음하는 것 이외에 혀의 위치를 앞쪽으로 혹은 뒤쪽으로 옮겨서 발음하는 것도 필요하다. 예를 들어 구강 내 앞부분에서 조음이 되는 치음은 대응되는 연자음을 발음하기 위해서 혀를 경구개가 위치한 치음 뒤로 이동시키고, 이와 반대로 연구개음은 연구개 앞쪽으로 이동시킨다.

위에서 살펴보았듯이, Halle(1971), Panov(1967), 강덕수 외(1995)에서는 러시아어 경자음과 연자음의 차이는 우선적으로 혀의 높낮이에서 차이를 보인다. 그리고 Rubach(2000), 강덕수 외(1995)는 혀의 전후 위치도 중요하다고 하였다. 이에 대해 Fant(1960)와 Halle(1971)는 음성실험 결과 자음 뒤 모음의 F2 값 차이가 러시아어 경자음과 연자음을 구분하였다. Fant(1960)는 모든 연자음 뒤 모음의 F2 값이 1,700Hz 이상이고, 모든 경자음 뒤 모음의 F2 값이 1,400Hz 이하라

고 하였다. 그리고 Halle는 연자음 뒤 모음의 F2 값이 1,800Hz 이상
이고, 경자음 뒤 모음의 F2 값이 1,400Hz 이하라고 하였다(Halle,
1971: 152). 일반적으로 F2 값은 혀의 전후 위치와 관련된 자질이므
로, 러시아어 연자음 조음 시 혀의 전후 위치도 중요한 자질이다.

[표 7] 학자들에 따른 러시아어 연자음의 특성

학 자	연자음 특성
강덕수 외 1995, Kochetov 2000	[+high, −back, +pal]
Halle 1971, Panov 1967	[+sharped]
Rubach 2000	[+high, −back]
Fant 1960	F2: 1,700Hz 이상

러시아어 연자음의 공통된 변별 자질을 알아보기 위해서는 러시
아어 연자음의 조음 위치에 있는 /j/의 변별 자질을 먼저 살펴볼
필요가 있다.

전이음 /j/를 나타내는 변별 자질로는 먼저 혀의 조음 위치와 관
련된 [ant, cor, high, low, back]이 있다. 이 자질들은 혀의 위치에
관한 자질들로 러시아어 연자음의 조음 위치에 있는 전이음 /j/는
강덕수 외(1995)에서 [−ant, −cor, +high, −low, −back] 자질값으
로 나타낸다.

먼저 여기에 사용된 변별 자질을 간단하게 정리해 보겠다.[13]
SPE에 나타나는 [coronal] 자질은 혀가 중립적인 위치에서 혀의 앞
부분(blade)이 조음자로 참여하는 자질이다. 이에 따라 치음, 치경
음, 경구개치경음들이 [+coronal] 값을 갖는다. [anterior] 자질은 경

---

13) 본서에 사용된 변별 자질 분류는 SPE의 기준을 따른 것이다.

구개치경을 중심으로 이 앞에서 협착이 이루어지면 [+ant] 값을, 뒤에서 이루어지면 [-ant] 값을 갖는다. 따라서 순음, 치음, 치경음들이 [+ant] 값을 갖고,[14] 이 뒤에서 조음되는 경구개치경음, 경구개음, 연구개음들이 [-ant] 값을 갖는다. 혀의 앞부분이 조음자로 참여하지 않는 순음은 [-cor] 값을 갖는다. 그 이유는 비록 조음이 경구개치경 앞에서 이루어지긴 하지만 조음자인 혀의 앞부분이 조음에 관여하지 않고 중립적인 위치에 놓이기 때문이다. 이에 따라 [-ant, -cor] 값을 갖는 전이음 /j/는 경구개치경 뒤에 위치한다는 것을 알 수 있다.

또한 [back] 자질은 본래 모음을 구분하기 위해 사용되는 자질로 자음에서는 주로 2차 조음을 설명하기 위해 사용된다. 자음을 위한 [back] 자질은 경구개와 연구개를 경계로 조음자가 이 경계 앞에서 조음에 관여하면 [-back] 값을 갖고, 이 경계 뒤에서 이루어지면 [+back] 값을 갖는다. 전이음 /j/가 [-back] 값을 갖는 것으로 볼 때, 이 음은 연구개 앞에서 조음이 이루어진다. 따라서 /j/는 경구개치경과 연구개 사이인 경구개에서 조음된다. 그리고 [+high, -low] 값은 /j/의 조음은 혀가 위로 올려 발음된다.

만일 러시아어 연자음들 모두가 연자음의 2차 조음점인 /j/와 같은 조음점을 갖는다면 /j/의 자질과 동일한 결과를 가질 것으로 예상되지만 결과는 그렇지 않다. 혀의 위치를 나타내는 자질인 [ant, cor, high, low, back]에서 /j/와 동일한 값을 갖는 자음은 아무것도

---

14) SPE에서는 [+anterior] 자질이 치경음 앞 모든 음들에 적용되기 때문에 순음도 [+ant] 값을 가진다. 그러나 최근의 음운론 이론에서 [anterior] 자질은 [coronal] 음들을 구분하기 위해서 이 음들에만 적용되고 나머지 음들은 이 자질과 무관하다. 본서에서 순음이 [+ant] 값을 갖는 이유는 SPE의 변별 자질 분류를 따르고 있기 때문이다.

없다. 이는 러시아어 연자음들은 대응되는 경자음의 기본 조음을 그대로 유지하고 /j/ 조음의 일부분만 공유하기 때문이다.

위에서 살펴본 기존 연구를 종합하여 러시아어 연자음의 변별 자질을 살펴보면, 러시아어 연자음들은 /j/의 변별 자질과 [+high, −back] 자질을 공유함으로써 혀가 연구개 앞 그리고 높은 위치에서 발음되는 공통된 조음점을 갖는다.

[표 8] 러시아어 연자음들의 자질 비교

	j	pʲ	bʲ	tʲ	dʲ	kʲ	gʲ	fʲ	vʲ	sʲ	zʲ	xʲ	č
ant	−	+	+	+	+	−	−	+	+	+	+	−	−
cor	−	−	−	+	+	−	−	−	−	+	+	−	+
high	+	+	+	+	+	+	+	+	+	+	+	+	+
back	−	−	−	−	−	−	−	−	−	−	−	−	−

러시아어 연자음들은 장소와 관련된 자질 중에서 [+high, −back] 자질을 공유한다.

그러나 러시아어 연자음의 공통된 변별 자질은 [+high, −back] 이외에 [+pal] 자질이 더해져야 한다. 그 이유는 마찰음 /š/, /ž/의 예에서 찾을 수 있다.

러시아어 자음 중 마찰음 /š/, /ž/는 항상 경자음으로 조음되며 대응되는 연자음쌍을 갖고 있지 않다. 그 이유는 앞에서 살폈듯이, 이 음의 조음점이 연자음의 조음점과 매우 가까이에 위치해 있고, 마찰 연자음 /sʲ/, /zʲ/와 혼동을 일으킬 수 있기 때문이다. 이에 대한 설명은 위의 강덕수 외(1995)의 자질표를 통해 가능하다.

만일 [pal] 자질을 고려하지 않을 경우, 마찰음 /š/, /ž/와 마찰음 /s/, /z/의 변별 자질의 차이는 보이지 않는다. 즉 마찰음 /š/, /ž/와 마찰음 /s/, /z/가 모두 [−high, −back] 자질을 가진다. 그러나 강덕

수 외(1995)의 자질표에서 마찰음 /š/, /ž/의 [high] 자질은 [+high]
로 바꿔야 한다. 자음에서 [high] 자질의 경계는 치경음과 치음 사
이이다. 즉 치경음은 [+high] 자질을 가지고, 치음은 [-high] 자질
을 갖는다. 따라서 러시아어 치경에서 조음되는 마찰음 /š/, /ž/는
위의 자질표에 나타난 [-high] 자질 대신 [+high] 자질을 가져야
한다. 그러면 러시아어 마찰음 /š/, /ž/는 마찰음 /s/, /z/와 [high] 자
질에서 차이가 난다.

그러나 마찰음 /š/, /ž/가 [+high] 자질을 가지면 이 음은 [+high,
-back] 자질값을 갖게 되어 연자음 /s'/, /z'/와 [pal] 자질 이외에
다른 점이 없다. 따라서 마찰음 /š/, /ž/와 마찰음 /s'/, /z'/가 서로
다르고, 마찰음 /š/, /ž/가 연자음이 아니라는 것을 표현하기 위해서
는 [pal] 자질도 고려해야 한다.

[표 9] 러시아어 마찰음들의 자질 비교

	š	ž	s	z	s'	z'
high	+	+	-	-	+	+
back	-	-	-	-	-	-
pal	-	-	-	-	+	+

마찰음 /š/, /ž/는 연자음 /s'/, /z'/와 마찬가지로 [+high, -back] 자질이 동일하기
때문에 두 그룹을 구분하기 위해서는 [pal] 자질도 고려해야 한다.

마찰음 /š/, /ž/의 예에서 보듯이, 강덕수 외(1995)와 Kochetov(2002)
에 나타나는 [pal] 자질은 러시아어 연자음의 조음 특성을 설명하
는 데 꼭 필요한 자질이다. 따라서 러시아어 연자음을 나타내는
변별 자질로 [+high, -back] 자질 이외에 [+pal] 자질도 포함시켜
야 한다. 그 결과 러시아어 연자음의 변별 자질은 강덕수 외(1995)

와 Kochetov(2002)에서처럼 [+pal] 자질을 보충하여 [−back, +high, +pal]로 나타낼 수 있다.

2.1.에서는 러시아어 연자음에 대한 음운론적 연구에 나타난 러시아어 연자음의 공통된 변별 자질을 살펴보았다. 2.2.에서는 러시아어 연자음에 대한 음성학적 연구가 음운론적 연구와 어떻게 연관되는지 살펴보겠다.

2.2. 러시아어 경자음 – 연자음 대립에 대한 기존 음성학적 연구

본 장에서는 앞서 음운론적 관점에서 본 경자음과 연자음의 변별 자질 대립이 음성학적으로 어떻게 입증되는가를 살펴보고자 한다.

Öhman(1965), Derkach 외(1970), Purcell(1979)은 VCV 환경에서 나타나는 러시아어 경자음과 연자음의 특성에 관해 연구하여, 이 환경에서 경자음과 연자음이 각각 이웃하는 모음에 어떤 영향을 주는가를 제시하였다.

Öhman(1965)은 영어, 스웨덴어, 러시아어의 파열음들이 VCV 환경에서 어떤 영향을 주는지 연구하였다. 영어와 스웨덴어는 자음의 조음 시 뒤따르는 모음뿐 아니라 앞선 모음에도 영향을 미쳐 앞의 모음이 조음될 때 이미 자음의 조음이 시작된다고 하였다. 그러나 러시아어는 이와 같은 동시조음의 효과가 영어, 스웨덴어보다 작다. 러시아어는 VCV 환경에서 동시조음 효과는 뒤따르는 모음(V₂)으로

만 국한된다. 그리고 러시아어 폐쇄음들은 자유로운 조음이 매우 제한적이어서 모음과 결합하여 발음할 때 연구개 [i]나 경구개 [y] 모음 중 하나와 동시조음을 이루어야 한다고 하였다. 이와 같은 러시아어 경자음과 연자음의 특성 때문에 이에 대한 명확한 발음을 위해 동시조음의 효과가 영어와 스웨덴어만큼 나타나지 않는다.

한편 Purcell(1979)은 자신의 논문에서 Öhman(1965)과 같은 환경에서 러시아어 마찰음의 동시 조음을 연구하였다. 그의 연구는 Öhman과 다른 결과를 보였다. VCV 환경에서 뒤따르는 모음(V_2)이 Öhman에서와 마찬가지로 앞선 모음(V_1)에 영향을 주지 않지만, 앞선 모음(V_1)은 자음 뒤 모음(V_2)에 영향을 준다는 것이다. 그러나 CV 음절에서 경자음과 연자음을 구분하는 주요 음성적 단서가 뒤 모음에 나타나는 F2 값이라는 점은 Öhman의 주장과 일치한다. 아래 표는 Purcell(1979)의 실험에서 CV 음절의 모음에 나타나는 F1 값과 F2 값을 보여 준다.

[표 10] VCV 환경에서 CV의 모음에 나타나는 경자음과 연자음 뒤 모음의 F1 값

		경자음		연자음	
		평균(mean)	표준편차(SD)	평균(mean)	표준편차(SD)
b	i	355	49	270	38
	e	415	81	340	49
	a	534	136	362	55
	o	393	68	314	42
	u	307	57	261	32
d	i	315	43	257	29
	e	383	38	302	50
	a	457	103	322	61
	o	371	42	288	43
	u	315	50	260	31

		경자음		연자음	
		평균(mean)	표준편차(SD)	평균(mean)	표준편차(SD)
g	i	292	41	255	28
	e	342	51	311	61
	a	424	74	311	44
	o	365	55	300	40
	u	283	42	251	30

조음장소별로 나누어 살펴본 실험에서 모든 경자음들이 대응되는 연자음들보다 뒤따르는 모음의 F1 값이 크다(Purcell 1979: 1693).

[표 11] VCV 환경에서 CV의 모음에 나타나는 경자음과 연자음 뒤 모음의 F2 값

		경자음		연자음	
		평균(mean)	표준편차(SD)	평균(mean)	표준편차(SD)
b	i	1293	215	2221	201
	e	1690	161	2130	261
	a	1319	139	2063	160
	o	901	212	1961	115
	u	877	211	2068	115
d	i	1893	160	2295	115
	e	1925	159	2189	151
	a	1792	183	2071	182
	o	1597	175	2111	135
	u	1599	214	2184	154
g	i	1921	281	2489	162
	e	2400	159	2441	183
	a	1769	218	2424	132
	o	973	220	2273	141
	u	864	204	2191	226

모든 경자음들이 대응되는 연자음들보다 뒤 모음의 F2 값이 작다. 그리고 경자음 [ge]와 연자음 [b'o]를 제외한 나머지 경우, 자음 뒤 모음의 F2 값은 연자음의 경우 2,000Hz 이상, 경자음의 경우 2,000Hz 이하에서 구분된다 (Ibid.).

위의 [표 11]에서 경자음과 결합하는 모음 [i]([bi], [di], [gi])가 [e]보다 앞쪽에서 발화되는 전설모음임에도 불구하고 F2 값이 작

다. 이와 같이 [i]의 F2 값이 이 음보다 뒤에서 조음되는 [e]보다 작은 이유는 러시아어 모음 /i/의 음운론적 지위와 연관이 있다. 러시아어에서 모음 음소 /i/는 변이음 [i]와 [y]를 가진다.[15] 경자음과 결합하는 모음 [i]는 실제로는 모음 /i/의 변이음인 [y]이다. 모음 [y]는 대응되는 모음 [i]와 변이음 관계에 있지만 조음점이 매우 다르다. 즉 모음 [i]는 앞에서 조음되는 전설모음이고, [y]는 중설모음이다. 이런 조음점의 위치 차이 때문에 경자음에서는 중설모음 위치에 있는 [y]가 전설모음 [e]보다 F2 값이 작다.

이와 관련해서, Padgett(2001)는 모음 [y]와 결합한 음절을 Cy이 아니라 $C^{y}i(C^{w}i)$로 표현하였다. $C^{y}i$는 모음 [i]의 앞에 나타나는 경자음으로 연구개음화가 이루어짐을 보여 준다. 이때 경자음 뒤에 위치한 모음은 [i]가 아니라 [y]([ɨ])이다. 위의 표에 나타난 것처럼 경자음과 결합하는 모음 [i]가 [e]보다 F2 값이 작은 이유는 이 음절 경계에서 자음의 연구개음화에 따른 [w]의 영향력이 나타나고 있어서 전설모음 [i]의 성질을 반영하지 못하기 때문이다.

러시아어 경자음과 연자음의 상관관계에 대한 연구는 Derkach 외(1970)에서도 찾아볼 수 있다. Derkach 외(1970)는 VCV 환경에서 러시아어 경자음과 연자음을 구분해 주는 음성적 단서가 무엇인지 살펴보았다. Derkach 외(1970)에서는 러시아어 경자음과 연자음의 차이를 알아보기 위해 VCV 환경에서 V_1, V_1C, CV_2, V_2 네 지점으로 나누어 F1, F2의 평균값(mean)을 측정하였다. 실험 결과 러시아어 경자음과 연자음의 차이는 자음과 두 번째 모음(CV_2)과의 결합,

---

15) 포르투나토프(Fortunatov)의 뒤를 이은 모스크바 학파는 [y]를 /i/의 변이형으로 보고 러시아어 모음은 5모음 체계를 이룬다고 한다. 한편 쉐르바(Ščerba)의 이론을 계승한 페테르부르크 학파는 /i/와 /y/의 조음이 매우 다르기 때문에 /y/를 음소로 인정하는 6모음 체계를 주장한다.

즉 자음에서 모음으로 전이가 일어나는 부분에서 가장 분명하게 나타난다. 따라서 VCV 환경에서 CV_2 음절의 모음에 나타나는 F2 값은 경자음과 연자음을 구분해 주는 단서로 사용될 수 있다. 러시아어 경자음과 연자음의 조음에서 연자음이 [i] 위치로 접근하고, 경자음은 [u] 위치로 접근하는 소리이다(Derkach 외 1970: 1). 일반적으로 모음 [i]와 [u]는 조음점에서 전후 위치의 차이가 나타나기 때문에 러시아어 경자음과 연자음은 조음 위치의 전후설성에서 차이가 난다. 따라서 이러한 모음의 전후설성 대립을 보이는 경자음과 연자음의 F2 값은 두 음의 구분을 위해 중요한 단서로 사용된다.

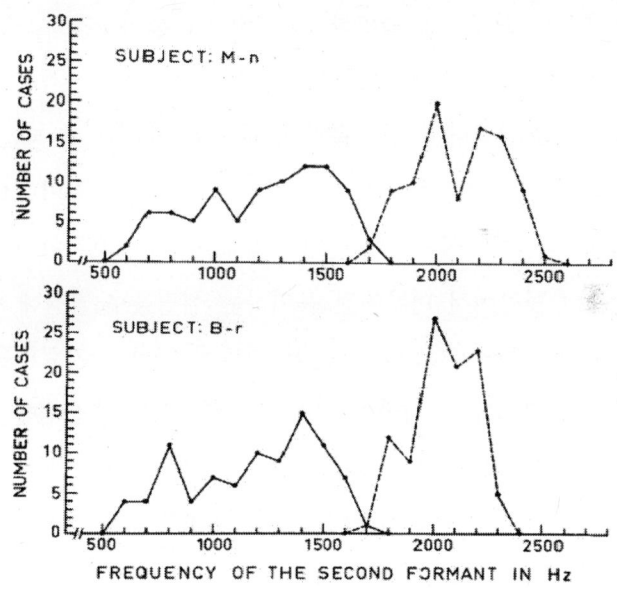

[그림 6] CV 환경에서 경자음과 연자음 뒤 모음의 F2 값

y축은 모음 발생 빈도이고 x축은 F2 값이다. 왼쪽 부분에 실선으로 되어 있는 부분이 경자음이고 오른쪽에 점선으로 되어 있는 부분이 연자음이다. 대부분 서로 경계가 분명하지만 1,600~1,800Hz 사이에서는 약간의 겹치는 부분이 생긴다(Shupljakov 외 1968).

위의 도표와 그림에서 보는 것처럼 Shupljakov 외(1968)와 Purcell (1979)에서 대부분의 경우 경자음과 연자음의 구분이 이루어지고 있지만, 경자음과 연자음을 구분하기 위해 모든 화자와 모든 음성 환경에 적용되는 기준은 없다.

위에서 살펴본 기존연구들에서 러시아어 경자음과 연자음의 구분은 CV 음절에서 자음 뒤에 위치한 모음의 F1과 F2 값에서 찾을 수 있다. 즉 연자음 뒤 모음의 F1 값이 대응되는 경자음 뒤 모음의 F1 값보다 작고, 연자음 뒤 모음의 F2 값이 대응되는 경자음 뒤 모음의 F2 값보다 크다. 하지만 Shupljakov 외(1968)에서는 대부분의 연자음이 경자음보다 뒤따르는 모음의 F2 값이 크지만 겹치는 경우가 발생한다. 즉 명확한 경계점이 이루어지지 않고 두 경계 사이에 약간의 겹치는 부분이 생겨난다.

그러나 이 논문들에서 경자음과 연자음을 비교해 볼 때, 대부분의 경자음들이 연자음들보다 뒤따르는 모음의 F1 값이 크고, F2 값이 작다. 따라서 러시아어 음운론에서 언급한 것처럼 연자음은 [j]라는 음이 덧붙여서 이루어진 음이라는 설명을 뒷받침해 준다.16)

아래 그림은 Purcell(1979)의 실험 결과에 나타난 자료들을 분산표로 나타낸 것이다. 러시아어 경자음과 연자음의 조음점을 알아보기 위해 F1과 F2를 동일한 좌표에 옮긴 결과 두 음은 서로 겹치지 않고 조음점이 구분된다. X축의 F1 값은 경자음과 연자음이 서로 겹치지만, Y축의 F2 값은 겹치지 않는다. 따라서 러시아어 경자음과 연자음의 구분을 위해서는 F1보다는 F2가 더 중요한 역할을 한다.

---

16) Avanesov(1956, 1984)와 Derkach 외(1970)도 러시아어의 모든 연자음들은 뒤따르는 모음이 시작되기 전에 [j]와 같은 조음을 시작한다고 하였다.

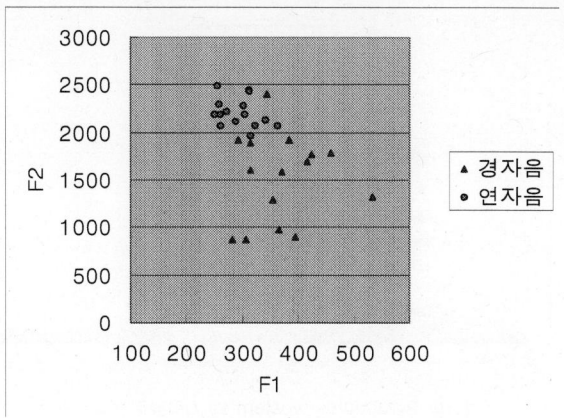

[그림 7] 경 - 연자음 뒤 모음의 F1 - F2 분산표(Purcell 1979)

Zsiga(2000)는 러시아어 연자음과 영어의 구개음화 현상을 비교하여 두 조음의 차이를 설명하였다. 러시아어 /sj/와 영어 /s+j/의 결합은 모두 동일한 설정음(coronal)과 경구개음(palatal) 조음의 결합이지만 이 둘의 조음은 서로 다르게 나타난다. Zsiga(2000)는 러시아어 /sj/와 영어의 /s+j/의 차이점을 두 가지로 살펴보았다. 먼저 조음 시간의 차이이다. 러시아어는 연자음 조음을 위한 경구개 조음(palatal gesture)이 일찍 시작하여 이 음이 발화되는 내내 지속되는 반면에, 영어는 /s+j/의 발음 시 경구개 조음(palatal gesture)이 마찰음의 끝에서만 나타난다. 두 번째는 조음의 명확한 구분이다. 러시아어는 마찰음 발화기간 동안 두 발화를 분리시킬 수 있다. 즉 두 가지 조음이 동시에 일어난다. 반면에 영어는 이 두 음이 섞여 동화 현상을 일으킨다. 즉 /s/와 /j/의 조음이 마찰음의 끝에서 합쳐진다.

아래 그림은 Zsiga(2000)에서 러시아어와 영어 화자의 마찰음 발음을 비교한 스펙트로그램이다.

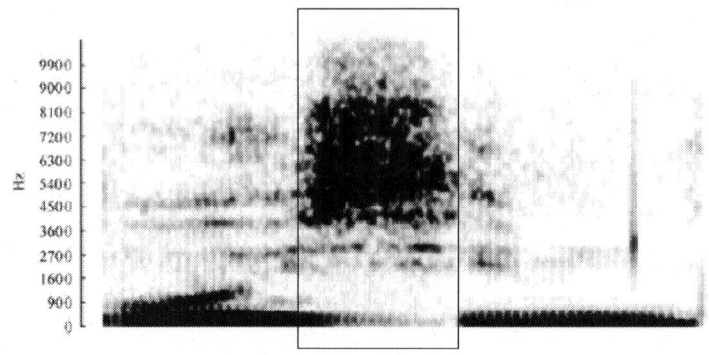

[그림 8] 러시아어 'vosjem'의 스펙트로그램

가운데 표시된 부분이 러시아어 마찰음 [sʲ]의 구간이다. 이 구간에서 고주파수 대역에 나타나는 소음은 마찰음 [s]를 나타내고, 2,700Hz 부근에 나타나는 수평선은 경구개 조음 [j]를 나타낸다. 경구개 조음은 마찰음과 서로 분리되고 마찰음 조음 내내 지속된다(Zsiga 2000: 94).

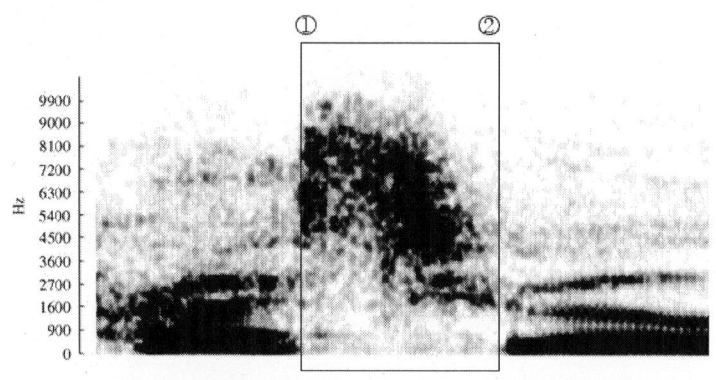

[그림 9] 영어 'press you'의 스펙트로그램

영어의 /s+j/의 결합에서 마찰음은 뒤따르는 모음과 동화가 일어나 자음의 성질이 변한다. 소음의 시작점(①)은 마찰소음이 4,500Hz로 [s]이지만 소음의 마지막 부분(②)으로 가면서 마찰소음이 2,000Hz 정도로 낮아져 [ʃ]로 변화함을 보여 준다(Zsiga 2000: 85).

위의 스펙트로그램에서 보듯이, 러시아어는 마찰음 /s/가 뒤따르는 모음과 동화되지 않고 /s/의 1차 조음을 그대로 유지한다. Zsiga(2000)

는 러시아어에서 마찰음 조음이 그대로 유지되는 현상은 러시아인들이 음운적으로 서로 다른 설정 마찰음(coronal fricative)을 음성적으로도 구분하려는 경향이 두드러지기 때문이라고 주장하였다.

기존 연구에서 보는 것처럼 러시아어 경자음과 연자음의 대립에서 나타나는 가장 큰 특징은 연자음의 조음 특징에 따라 연자음 뒤 모음의 F2 값이 경자음 뒤 모음보다 크고, 연자음 뒤 모음의 F1 값이 경자음 뒤 모음보다 작다는 것이다. Shupljakov 외(1968)와 Purcell(1979)의 연구에서 살펴본 것처럼 특정 부분 경자음과 연자음이 겹치는 부분이 있기는 하지만, 대체로 경자음과 연자음은 F2 값에서 뚜렷한 차이를 보인다. 또한 Zsiga(2000)에서 살펴본 것처럼, 러시아어의 연자음은 1차 조음을 그대로 유지한다.

2.3. 요 약

본 장에서는 러시아어 경자음과 연자음에 대한 기존 연구를 살펴보았다. 먼저 음운론적 관점에서, 러시아어 연자음들은 [+high, −back]라는 공통된 변별 자질을 갖고 있다. 그러나 마찰음 /š/, /ž/가 이와 동일한 자질을 갖고 있기 때문에, 연자음들을 구분하기 위해서는 이 자질들 외에 [pal] 자질을 포함시켜야 한다. 따라서 러시아어 연자음의 변별 자질은 [+high, −back, +pal]이다. 이는 러시아어 연자음이 대응되는 경자음의 기본 조음은 그대로 유지하고 2차 조음을 위해 혀를 경구개 쪽으로 올려 발음하는 소리임을 말해 준다. 아래 표는 앞서 언급한 러시아어 마찰음 /š/, /s/, /s'/의 연자음의 위치 자질을 비교한 것이다. [pal] 자질을 고려하지 않을 경우, 마찰음 /š/와 /s'/는 구분이 되지 않는다.

[표 12] 러시아어 마찰음 자질 비교

	š	s	s'
high	+	−	+
back	−	−	−
pal	−	−	+

이에 대한 음성학적 연구에서는 러시아어 연자음을 대응되는 경자음과 비교했을 때, F1과 F2 값에서 차이가 나타났다. F1 값은 혀의 높낮이와 관련 있고, F2 값은 혀의 전후 위치와 연관되기 때문에 음운론적 관점과 마찬가지로 러시아어 연자음은 혀의 위치에 따라 대응되는 경자음과 구분된다. 즉 경자음은 연자음보다 뒤따르는 모음의 F1 값이 크고, F2 값은 작다.

[표 13] 경자음과 연자음의 F1, F2 값 비교

F1	경자음 > 연자음
F2	경자음 < 연자음

기존의 음성학 연구에서 러시아어 경자음과 연자음은 뒤따르는 모음의 F1과 F2 값에서 차이를 보임을 알 수 있었다. 본서의 실험에서는 우선 기존 연구에서와 마찬가지로 러시아어 경자음과 연자음 뒤 모음의 F1, F2 값이 차이가 있는지 검증할 것이다. 또한 러

시아어 경자음과 연자음을 구분하기 위해 이 음성적 단서들 이외에 다른 단서가 없는지 살펴보겠다. 이를 위해 다음 장에서는 다른 언어들에서 조음 방법별 혹은 유성음과 무성음에 따른 자음의 차이를 설명하기 위한 음성적 단서를 살펴보고, 이 단서들이 러시아어 경자음과 연자음의 구분을 위해 사용될 수 있는지 검토해 보겠다.

3. 이론적 배경

　러시아어 경자음과 연자음에 관한 음성학 연구에서 이 두 음의 차이는 뒤따르는 모음의 F1과 F2 값에서 나타났다. 그리고 음운론 연구에서 러시아어 연자음이 대응하는 경자음과 구분되는 공통된 자질은 [+high, −back, +pal]이다. 음성학과 음운론의 기존 연구에 나타난 경자음과 연자음의 차이를 종합해 보면, 러시아어 연자음이 대응하는 경자음의 1차 조음은 그대로 유지하고 2차 조음을 위해 혀가 경구개 쪽으로 올려 발음하는 것이다.

　본 장에서는 본격적인 실험에 앞서, 다른 언어에서 장애음을 구분하기 위해 어떤 음성적 단서들이 사용되었는지 살펴보고자 한다. 이를 통해 기존 연구에서 러시아어 경자음과 연자음을 구분하기 위해 사용된 F1과 F2 값의 차이 이외에 다른 음성적 단서가 없는지 알아본다. 조음 방법별로 세분화된 음성적 단서를 살펴봄으로써 러시아어 경자음과 연자음의 차이에 대한 종합적인 고찰이 가능할 것이다.

3.1. 파열음

파열음[17]은 폐쇄음이라고도 한다. 이는 파열음이 갖는 두 가지 특징 때문이다. 즉 파열되기 전에 먼저 폐쇄와 방출을 통한 파열 두 가지 특징을 동시에 갖고 있다. 대부분 이 장애음들은 모음과의 결합 시 파열을 일으키지만 문장 끝에서와 같은 환경에서는 파열을 일으키지 않고 폐쇄로 발화를 끝내 버리는 경우도 있다.

파열음을 만들 때 조음자들은 일반적으로 폐쇄 단계라고 불리는 차단을 형성한다. 파열음들은 두 가지 동시적인 차단이 필수적이다. 하나는 성도의 나머지 부분으로부터 비강을 봉쇄하는 연구개인두문 폐쇄이고, 다른 하나는 구강 안에서 혀나 입술에 의해 형성되는 폐쇄이다.

차단 단계는 파열음 조음의 두 번째 단계에까지 계속된다. 이 두 번째 단계에서는 공기의 흐름이 차단되고, 파열음을 생성하기 위해 필요한 구강 내의 압력이 증가된다.

파열음 조음의 마지막 단계는 방출이다. 이 단계에서는 두 가지 차단 중 구강 차단이 해제되어 압력이 낮아진 공기가 방출되고 공기가 다시 통하게 된다. 파열음들이 개방될 때, 차단에 의해 막혀 있던 공기가 방출되면서 소음이 들린다. 개방 단계의 일부인 이 소음은 성문상부(supraglottal) 성도에서 생성된 비주기 음원의 한

---

17) 본서의 실험에 사용된 자료는 CV 음절이다. 이 음절에서 파열음은 뒤따르는 모음과의 결합에서 파열을 일으킨다. 본서에서 살필 파열음의 음성적 단서는 파열음의 폐쇄 구간 특성보다는 파열 이후 모음과의 동시 조음 시 나타나는 단서들이다. 이런 이유로 본서에서는 폐쇄음보다는 파열음이라는 용어를 사용하기로 하겠다.

예이다. 이것은 마찰음 생성에서 발생하는 마찰과 유사하나, 지속적이지 못하고 일시적이라는 점에서 마찰음과 다르다. 즉 파열음은 지속음이 아니라는 점에서 다른 소리와 다르다(Borden 외 2003).

기존 연구

여러 언어에서 자음의 파열음을 분석하기 위해 VOT(Voice Onset Time, 성대 진동 개시 시간) 측정이 많이 이용되고 있다. VOT는 음성신호에서 파열 이후 첫 번째 주기성이 나타나는 시기 사이의 시간을 말한다. 파열음은 파열이 생기기 전에 성대가 진동하기도 하고 파열 이후에 성대가 진동하기도 한다. 만일 파열이 생기기 전에 성대가 진동하게 되면 −VOT 값을 갖는데 이를 lead VOT라 한다. 그리고 파열 이후 성대가 진동하게 되면 +VOT 값을 갖게 되는데 이를 lag VOT라 한다. Keating(1984)은 언어들 간에 차이가 있기는 하지만 약 20∼35ms 정도의 +VOT 값은 short lag VOT라 하고 그 이상일 경우 long lag VOT로 분류하였다.

Lag VOT 값은 성대가 진동하기 시작하는 데 걸리는 시간을 말한다. Long lag VOT는 성대가 개방될 때 많이 떨어져 있어서 다시 돌아오는 데 시간이 오래 걸림을 의미한다. Long lag를 갖는 유기음은 파열 이후 성대를 통해 공기의 흐름이 계속 생성되는 마찰소음으로, 성대가 떨어져 있는 한 공기는 성대를 통해 흐르면서 기식음을 만들어 낸다. 이런 의미에서 VOT는 기식음의 측정이라고 할 수 있다. 따라서 스펙트로그램 분석 시 VOT 구간에서는 기식구간에서 볼 수 있는 소음이 나타난다.

VOT에 대한 연구는 Lisker and Abramson(1964)로부터 시작되었다. 이들은 개방 후 VOT를 가지고 11개의 언어에 나타나는 파열음을 분류하려고 시도한 결과 VOT가 파열음을 분류하는 데 효과적인 역할을 한다는 것을 입증하였다.

VOT의 차이가 발생하는 요인 중 하나는 협착점 뒤 성문상부의 상대적인 크기이다(Hardcastle 1973, Maddieson 1997). 이와 관련해서 두 가지를 살펴볼 수 있다. 먼저 연구개 파열음 뒤에 생기는 공간(cavity)은 치경 혹은 양순 파열음의 뒤에 생기는 공간보다 부피가 작다. 또한 연구개 파열음 시 앞쪽에 생기는 공간은 치경 혹은 양순 파열음 시 생기는 공간보다 부피가 크다. 바로 이 부피의 차이가 VOT의 차이를 만들어 낸다.

또한 유성음을 만들어 내기 위해서는 성대를 가로지르는 공기의 압력이 달라야 한다. 만일 구강의 공기 압력과 성대의 공기 압력이 비슷하다면 공기의 흐름은 일어나지 않는다. 따라서 성대의 진동도 일어나지 않는다. 이런 관점에서 연구개 파열음 시 뒤쪽에 생기는 공간이 치경과 양순 파열음 시의 공간보다 작다면 연구개 파열음이 파열 시 높은 압력을 받게 된다. 이것은 성도의 높은 압력 때문에 폐쇄 뒤 압력이 떨어지는 시간이 길어지고 성대진동이 시작되기 위한 압력을 충분히 받게 한다. 따라서 연구개 파열음의 경우 다른 파열음들보다 VOT 값이 크다.

Cho and Ladefoged(1999)는 조음 장소에 따라 VOT 값을 다르게 하는 요인들에 대해 다음의 6가지로 나누어 살펴보고 있다.

(1) 협착 지점 뒤 공간(cavity)의 부피

연구개 파열음은 후두상부 공간(supralaryngeal cavity)에서 상대적으로 적은 공간을 차지하므로 높은 압력을 일으킨다. 이는 압력을 떨어뜨리는 데 더 긴 시간을 요하므로, 성대진동 개시를 위해 성대를 가로지르는 압력이 충분하게 된다.

(2) 협착 지점 앞 공간의 부피

연구개 파열음 앞에 담긴 공기의 양은 비교적 많아서 연구개음을 만든 뒤 압력을 분출하는 데 더 큰 파열을 일으킨다. 따라서 이 압력을 떨어뜨리는 데 시간이 더 걸리고 성대를 가로지르는 압력도 충분해지면서 많은 지연이 발생한다.

(3) 조음자의 움직임

조음자의 속도가 빠르면 폐쇄 이후 압력이 급격히 감소한다. 따라서 성대를 가로지르는 압력을 만드는 데 필요한 시간도 적게 요구된다.

(4) 조음자 접촉면의 양

베르누이 법칙에 따르면 접촉면이 넓으면 방출의 속도가 더 느려지고 조음자는 더 천천히 분리가 된다. 이는 성대를 가로지르는 압력을 생산하는 데 더 긴 시간이 소요됨을 말한다.

(5) 성문이 열리는 장소의 변경(무성 유기 파열음의 경우)

방출 이후 성문이 열린 장소는 연구개음의 경우가 치경음과 순음보다 더 느리게 감소한다. 왜냐하면 구강 내 압력이 연구개의 경우가 더 늦게 떨어지기 때문이다.

(6) 폐쇄 길이와 VOT 간 조정

성대가 열려 있는 기간은 일정한 것으로 간주된다. 따라서 폐쇄 구간이 길어지면 VOT 값은 낮아진다.

파열음을 구분하기 위해서는 VOT 외에 F0[18])에 대한 연구도 많이 이루어졌다. 특히 한국어는 VOT 차이만으로 파열음의 차이를 설명하기가 쉽지 않다. Kim(1965)은 한국어 파열음 체계를 기술하는 데 VOT만으로는 부족하므로, 한국어 파열음을 분류하는 데 긴장성 자질을 설정하여 구분하여야 한다고 하였다. 즉 긴장성 자질에 따라 평음('ㄱ', 'ㄷ', 'ㅂ')이 기음('ㅋ', 'ㅌ', 'ㅍ'), 경음('ㄲ', 'ㄸ', 'ㅃ')과 구분된다. Han and Weitzman(1970) 또한 기음과 경음 뒤에 나타나는 F0 값이 평음 뒤에 나오는 값보다 크다고 하였다. 그러나 기음과 경음은 값의 차이가 두드러지지 않아서 구분하기는 힘들다고 하였다.

---

18) 'F0'는 '기본 주파수(fundamental frequency)'를 말한다. F0는 내재적 F0(intrinsic F0, 이하 IF0)와 분절음적 F0(segmental F0, 이하 SF0)로 나누어진다. 본서에서 F0는 IF0와 SF0를 구분하여 사용하기로 하겠다. IF0는 모음이 가지고 있는 내재적 값으로 모음에 부여되는 값이다. 일반적으로 고모음이 저모음보다 IF0 값이 크다. SF0는 분절음이 이웃하는 분절음에 영향을 주는 것으로 주로 자음에 부여되는 F0 값이다. 일반적으로 무성음의 SF0 값이 유성음의 SF0 값보다 뒤따르는 모음의 F0 값을 높여 준다. F0 표기는 모음에 관한 F0로 IF0를, 자음에 관한 F0로 SF0를 사용한다. 본서의 실험에 사용되는 F0는 CV 음절 내에서 자음이 모음에 영향을 주는 SF0이다.

Hombert(1978)는 유성음과 무성음의 F0 차이를 공기 역학적 효과와 성대 긴장의 차이로 설명하고 있다. 유성파열음의 경우 폐쇄 중에도 계속 voicing이 일어나서 낮은 주파수를 야기한다. F0 값은 파열이 일어난 이후 모음의 일반적인(normal) F0 값을 얻을 때까지 상승한다. 반면에 무성파열음은 공기의 흐름이 매우 빨라지고 이에 따라 베르누이 효과가 극대화되어 성대를 강하게 잡아당겨서 파열이 이루어지면서 강하게 터진다. 이때 성문하부 압력이 매우 크기 때문에 파열 시 F0 값은 매우 커진다. 결과적으로 성대진동 비율이 모음 발화시 매우 크고 모음의 내재적 F0(intrinsic F0)의 값으로 다가가면서 점차적으로 작아진다.

따라서 무성음의 경우에는 파열 시 F0가 커졌다가 이후 차츰 줄어드는 경향이 있고, 유성음의 경우에는 파열 시 비교적 F0가 작아졌다가 모음의 내재적 F0 값으로 인해 상승하여 접근한다고 하였다.

미국 영어의 모음은 혀의 높낮이에 따라 서로 다른 IF0를 가진다는 몇몇 연구들이 있다. 즉 고모음이 저모음보다 F0 값이 크다.

Hombert(1978)는 모음의 IF0 값에 대한 값들을 아래 표와 같이 정리하였다.

[표 14] 모음의 IF0 값 비교(Hombert 1978)

(단위: Hz)

	피실험자 수	i	a	u
Black(1949)	16명	145.7	132.7	153.0
House and Fairbanks(1953)	10명	127.9	118.0	129.8
Lehiste and Peterson(1961)	5명	129	120	134
Peterson and Barney(1952)	33명	136	124	141

몇몇 연구들에서는 다른 언어들에서도 이와 동일한 결과가 나타난다는 것을 보여 주고 있다(프랑스어: Di Cristo and Chafcouloff 1976, 한국어: Kim 1968, 세르보-크로아티아어: Ivic and Lehiste 1963).

이와 같이 언어 보편적으로 고모음은 저모음보다 IF0 값이 크다. 또한 자음에서는 무성음이 유성음보다 SF0 값이 크다. 영어의 경우, CV 음절에서 모음의 F0 값은 앞 자음이 무성음일 경우가 유성음일 경우보다 크다(House and Fairbanks 1953, Lehiste and Peterson 1961, Umeda 1981). 그러나 CV 음절에서 자음 뒤 모음에 나타나는 F0의 상승과 하강에 대한 연구들 간에는 서로 다른 결과를 내놓고 있다.

먼저 F0의 상승과 하강의 대립이 존재한다고 주장하는 연구가 있다. 즉 F0가 무성자음 뒤 모음의 발화 시작점부터 계속 작아지나, 유성자음 뒤에서는 올라간다(Lehiste and Peterson 1961, Haggard 외 1970, Gandour 1974, Hombert 1978, Lea 1980).

반면에 F0의 상승과 하강의 대립이 없다는 주장도 있다. 앞선 자음의 성질과 상관없이 파열음 뒤의 굴곡은 하강하는 게 일반적이다(Kohler 1982, Ohde 1984, Silverman 1986, 1987). 위의 경우에서처럼 F0의 곡선이 유성자음과 무성자음에 따라 굴곡이 생겨나는 것은 실험을 올바로 통제하지 못했거나 다른 운율적 요소들을 통제하지 못한 때문이라고 주장하였다(Jang 2004).

Jang(2004)은 F0 굴곡이 상승과 하강의 대립을 보이지 않는다고 주장하였다. 즉 자음의 종류에 상관없이 하강 굴곡을 보이고 있다. 따라서 F0 굴곡의 형태는 한국어의 파열음을 구분하는 단서로 사용될 수 없음을 보여 주었다. 한편 기음 뒤에 나타나는 F0의 경사가 다른 파열음과 달리 급격한 경사를 이루고 있음을 보여 주면서 이 단서가 자음의 유형을 구분하는 단서가 될 수 있다고 주장하였다. 이는 기음과 같이 강한 자음들이 약한 자음들보다 더 큰 F0 값을 갖는다는 설명과 일치한다.

위의 기존 연구에서 살펴보았듯이, 언어 보편적으로 파열음을 구분하기 위해서 사용되는 가장 중요한 음성적 단서는 VOT임을 알 수 있다. Lisker and Abramson(1964)에서 본 것처럼, 대부분의 경우 파열음은 VOT만으로도 구분이 가능하다. 하지만 한국어의 파열음을 구분하기 위해서는 VOT뿐 아니라 자음의 폐쇄 구간과 F0 값도 같이 살펴보아야만 경음, 기음, 평음의 구분이 가능하다.

[표 15] 파열음의 기존 연구에 나타난 음성적 단서

음성적 단서	실험결과	기존연구
VOT	연구개음 〉 순음	Hardcastle 1973, Maddieson 1997, Cho and Ladefoged 1999
	무성음 〉 유성음	Lisker and Abramson 1964
F0	무성음 〉 유성음	Hombert 1978
	기음, 경음 〉 평음	Kim 1965, Han and Weitzman 1970
	SF0 〉 IF0	Jang 2000
	고모음 〉 저모음	Hombert 1978

언어 보편적으로 파열음의 구분을 위한 음성적 단서로 VOT 길이와 F0 값이 사용된다. 그러나 기존 연구들은 러시아어 경자음과 연자음을 구분하기 위해 이 단서를 사용하지 않는다. 따라서 본서의 실험에서는 러시아어 파열음을 구분하기 위해 F1, F2 값 이외에 파열음을 구분하는 데 중요한 음성적 단서인 VOT 길이와 F0 값도 살펴보겠다. 그리고 이 음성적 단서들 중에서 어떤 음성적

단서들이 러시아어의 경자음과 연자음을 구분하는 데 중요하게 작용하는지를 살펴보겠다.

3.2. 마찰음

마찰음은 구강 내 매우 좁은 협착을 통해 발생한다. 공기의 혼잡을 일으키는 협착을 통해 공기의 빠른 흐름이 생긴다. 이 흐름 중에 생기는 갑작스런 속도의 요동은 소리의 근원으로 작용하고 이렇게 만들어진 소리는 난류 소음(turbulence noise)이라고 부른다.

만일 이 소음이 성문 위 협착과 폐쇄 부근에서 만들어지면 이를 마찰소음(frication noise)이라고 부르고, 성문협착 부근에서 만들어지는 소음은 기식 소음(aspiration noise)이라고 부른다(Stevens 1971).

또한 마찰음은 지속음이다. 파열음과는 달리, 마찰음은 지속될 수 있다. 모든 말소리와 마찬가지로 마찰음은 공명기를 통과하여 지나가면서 변형되고, 더 나아가 방출 시 음방사(sound radiating)의 효과에 의해 변형되는 음원의 산물이다. 마찰음 /s/, /z/를 조음할 때는 공기 흐름의 통로를 제공하기 위해 혀의 중간부분을 따라 홈이 종종 형성된다. 이것은 혀의 중간부분을 낮추고 혀의 측면을 윗니의 중간 가장자리로 올림으로써 이루어진다.

무성 경구개 마찰음 /š/와 유성 경구개 마찰음 /ž/는 마찰음 /s/, /z/와 여러 측면에서 유사하다. 협착은 치경 뒷부분에서 이루어지고, 혀의 중간선을 따라 나타나는 혀의 홈은 /s/, /z/를 조음할 때보다 좀 더 넓어진다. 또한 입술이 다소 둥글어지고 앞으로 내밀어 지기도 한다. 입술을 둥글게 하는 것은 /s/, /z/를 조음할 때에도 생길 수 있으나 /ʃ/, /ʒ/에서 더욱더 일반적으로 나타나는 현상이다. 또한 /ʃ/의 조음점이 /s/에서보다 구강 내에서 훨씬 뒤쪽이기 때문에 그 앞의 공명강은 /s/보다 더 길어지고, 결과적으로 주파수는 더 낮아진다. 따라서 /s/, /z/와 /ʃ/, /ʒ/의 주파수 대역은 서로 다른데 좀 더 넓은 공간에서 조음이 이루어지는 /ʃ/, /ʒ/가 /s/, /z/보다 더 낮다(Borden 외 2003).

기존 연구

마찰음을 연구하는 데 주로 마찰소음의 길이와 스펙트로그램의 특징들이 많이 이용되었다. 마찰음은 파열음과 달리 지속음이기 때문에 마찰소음의 길이의 특징이 조음 위치에 따라 다르다. 또한 위에서 살펴보았듯이, 구강 내 공간의 차이점은 마찰음 그룹 간에 서로 다른 주파수 대역을 형성한다. 따라서 스펙트로그램에 나타나는 주파수 대역이 마찰음을 구분하는 음성적 단서가 된다.

마찰음 연구를 위한 음성적 단서로는 우선적으로 마찰소음의 스펙트럼에 관한 연구들이 있다. 먼저, Hughes and Halle(1956)는 /s/와 /ʃ/를 마찰음의 스펙트럼 모양으로 구분하였다. 즉 /s/는 4,000Hz에서, /ʃ/는 더 낮은 주파수에서 에너지가 집중되어 이 두 음이 구분된다. Strevens(1960)도 마찰음들의 마찰소음 내 주파수 대역에 대해 연구하였다. 마찰음 /ʃ/는 1,600~2,500Hz 이상에서 시작하여 최대 7,000Hz까지 분포하고 /s/는 3,500Hz 이상에서 시작하여 8,000Hz 이상에서도 나타난다.

Behrens and Blumstein(1988)은 마찰음 중에서 치찰음들은 길이와 강도에서 일관된 차이를 보이지 않는다고 한다. 반면에 소음구간 내에 존재하는 스펙트로그램 특징이 이 음들을 구분해 준다고 주장한다. 이 음들은 주파수 대역에서 각각 /s/는 3,500∼5,000Hz, /š/는 2,500∼3,500Hz로 나타나 두 음의 차이를 보인다.

이들의 주장을 종합해 보면, /s/는 3,500Hz∼4,000Hz에서 에너지가 집중되고 /š/는 /s/보다 낮은 1,600Hz에서 3,500Hz까지 집중된다.

마찰음의 구분에 대한 단서로 마찰음의 스펙트로그램 특징 이외에 마찰소음의 길이에 대한 연구들이 있다. You(1979)는 마찰소음과 관련하여, 마찰음들은 서로 다른 내재적 길이(intrinsic duration)를 갖는다고 주장한다. 그에 의하면 영어의 경우 마찰소음의 길이는 조음 장소에 따라 다양하다. 즉 마찰음에서 마찰소음 평균길이가 각각 치경경구개음 176ms, 치경음 155ms, 순음 103ms, 치음 99ms로 조사되었다.

Klatt(1976)와 Nartey(1982)는 어두 위치에서 마찰음의 경우 마찰소음의 길이가 유성음과 무성음의 구분을 보여 준다고 주장한다.

Manrique and Massone(1981)에서는 영어와 마찬가지로 스페인어에서도 마찰소음의 차이가 유성음과 무성음을 구분하는 단서로 사용된다. 이들은 유성마찰음과 무성마찰음의 마찰소음 평균길이를 측정해 보았을 때 이 두 그룹 간의 겹치는 부분은 거의 없거나 전혀 없음을 발견하였다. 따라서 스페인어에서도 마찰소음의 길이가 유성과 무성마찰음을 구분하는 주요 단서로 작용한다고 주장하였다.

위에서 살펴본 학자들의 견해는 마찰음의 길이가 유성음과 무성음의 차이를 보여 주는 주요 단서로 사용됨을 보여 준다. 즉 무성마찰음이 유성마찰음보다 분절음의 길이가 길다.

그러나 마찰소음의 길이가 유무성의 단서를 제공하지 못한다는 주장도 있다. 위의 기존 연구에서는 대부분의 마찰음쌍에서 무성마찰음이 유성마찰음보다 마찰소음 길이가 길다. 하지만 이런 차이를 보여 주지 않는 경우도 있다. 유성 - 무성마찰음을 비교할 때 마찰소음 길이의 평균값은 분명한 차이를 보이긴 하지만 이 두 범주 내에서 서로 겹치는 부분이 상당 부분 존재한다.

Baum and Blumstein(1987)의 실험에서 유·무성마찰음의 마찰소음 길이의 평균과 범위를 살펴보았을 때, 전반적으로 무성음의 마찰소음 평균값이 대응되는 유성음보다 더 길다. 즉 무성마찰음 /f/가 149ms, 유성마찰음 /v/는 116ms이고, /s/는 174ms, /z/는 152ms로 각각 나타났다. 그러나 동일한 실험에서 어떤 화자의 마찰음 /fi/, /vi/에 나타나는 마찰소음 길이를 비교해 보면, /f/는 131∼179ms의 범위를 보이고 /v/는 63∼185ms를 보여서 두 부분이 겹치는 경우가 발생하였다. 또한 /s/는 185∼207ms이고 /z/는 165∼197ms로 겹치는 경우도 있었다.

그러나 이와 같은 실험 결과에도 불구하고 기존 연구들을 종합해 보면, 전반적으로 무성마찰음들이 대응되는 유성마찰음보다 마찰소음의 길이가 더 길다.

[표 16] 마찰음의 기존 연구에 나타난 음성적 단서

음성적 단서	실험결과	기존연구
마찰소음 길이	치음 〉 순음 〉 치경음 〉 치경경구개음	You 1979
	무성음 〉 유성음	Klatt 1976, Nartey 1982, Manrique and Massone 1981
에너지 주파수 대역	치찰음 〉 비치찰음	Hughes and Halle 1956, Strevens 1960, Behrens and Blumstein 1988

　마찰음에 대한 기존 연구들은 마찰음의 스펙트로그램 특징, 즉 주파수 대역의 분포나 마찰소음의 길이로 나누어 살펴보고 있다. 이는 마찰음의 조음 성질에 따른 연구들이다. 마찰음은 지속음이라는 특징 때문에 마찰음의 길이를 나타내는 마찰소음 길이가 변별 단서로 사용될 수 있다. 또한 구강 내 공간 차이는 치찰음과 비치찰음의 구분을 만들면서 마찰음 간 주파수의 차이를 보인다.

　기존 연구에서 보듯이, 일반적으로 마찰음들을 분석하기 위해 마찰소음의 길이와 소음 주파수 대역이 음성적 단서로 사용되었다. 이 두 음성적 단서 중 마찰소음 길이가 마찰음의 지속음 특징을 잘 표현해 주는 음성적 단서이므로 본서의 실험에서는 마찰소음 길이를 음성적 단서로 사용하여 러시아어 마찰음을 연구할 것이다.

3.3. 파찰음

　파찰음은 청자가 하나의 음운단위로 인식하는 파열음과 마찰음의 연쇄이다. 따라서 파열음과 마찰음의 연속에 의해 만들어진 이 소리는 파열음과 마찰음에 나타나는 음성적 단서를 모두 갖고 있다. 즉 성도의 완전한 폐쇄로 인한 묵음 구간이 존재하고 마찰음 부분에서는 지속적으로 나타나는 마찰소음 구간이 존재한다. 파찰음은 폐쇄 구간이 존재한다는 것으로 마찰음과 구분된다. 그리고 마찰 구간의 길이가 마찰음보다 상대적으로 짧다는 점에서 마찰음과 구분된다(Raphael 2005).

기존 연구

파찰음에 대한 연구는 파열음과 마찰음의 연구에 비해 많은 관심이 이루어지지 않았다. 또한 파찰음에 대한 연구는 파찰음 자체에 대한 연구라기보다는 대부분 마찰음과 비교해 볼 때 어떠한 차이점을 보이고 있는가에 대한 것들이 대부분이다. 이는 파찰음이 파열음과 마찰음의 성질을 가지고 있다는 소리의 특성 때문이기도 하지만 대부분의 언어에서 매우 적은 수의 자음만이 파찰음에 속하기 때문이기도 하다. 영어의 경우에는 무성파찰음 /č/와 유성 파찰음 /ǰ/ 두 개만 존재한다.

Gerstman(1957)은 마찰음 /š/와 파찰음 /č/를 대상으로 음향적 측정과 지각 실험을 실시하여, 파찰음 /č/가 마찰음 /š/보다 짧은 에너지 상승시간과 마찰소음 구간을 보이며, 마찰음과 파찰음을 구분하는 음성학적 단서는 상승시간에 있다고 결론지었다.

Howell and Rosen(1983)의 연구에서는 수치에서 차이가 있긴 하지만 Gerstman(1957)과 마찬가지로 상승시간의 차이가 무성마찰음과 무성파찰음의 차이를 보여 주는 단서로 파악한다. 유성음의 경우에서는 어두 위치에서만 상승시간을 보여 준다. 따라서 상승시간의 차이는 일반적인 마찰음과 파찰음의 차이를 보여 주는 것이 아니라 무성마찰음과 무성파찰음 사이에서만 중요한 단서로 작용한다고 할 수 있다. 따라서 이 단서만을 가지고 마찰음과 파찰음을 구분하기는 어렵다.

Dorman 외(1980)는 모음 뒤 위치에서 이 두 음의 차이는 상승시간, 마찰 구간의 길이뿐 아니라 모음 간 묵음기간에 앞선 모음의 스펙트로그램의 특성들도 함께 고려를 해야 한다고 주장한다. Howell and Rosen(1983)과 마찬가지로 상승시간의 차이가 단서로서 작용할 수는 있지만 이 단일 단서로는 두 음의 구분이 불가능하다고 주장한다.

Lass(1996)에 의하면, 두 음의 차이는 마찰 구간의 소음 에너지 상승시간에 의해 가장 뚜렷이 나타난다. 특히 파찰음의 경우 묵음 폐쇄 구간 이후에 에너지가 급격히 상승한다. 따라서 상승시간이 짧다는 특성이 있다.

그러나 Walsh 외(1988)와 Kluender and Walsh(1992)의 연구에서는 마찰음과 파찰음을 구분하는 주된 음향적 단서는 상승시간의 차이가 아니라 마찰 구간의 길이상의 차이라는 주장을 제시하였다. 이들은 상승시간과 마찰 구간 길이를 각각 변화시킨 지각 실험을 통해 상승시간 요인만으로는 무성마찰음과 파찰음이 충분히 구별되지 않으며, 마찰 구간의 길이가 더욱 중요한 단서가 된다는 결론을 내렸다.

파찰음에 대한 연구는 파열음과 마찰음에 비해 연구가 많이 이루어지지 않았다. 위에서 살펴본 연구들에서는 파찰음을 구분하기 위해 마찰소음 구간의 길이와 상승시간의 차이를 음성적 단서로 사용하였다.

[표 17] 파찰음의 기존 연구에 나타난 음성적 단서

음성적 단서	실험결과	기존연구
마찰소음 길이	마찰음 > 파찰음	Walsh 외 1988, Kluender and Walsh 1992
에너지 상승시간	파찰음 > 마찰음	Gerstman 1957, Howell and Rosen 1983, Lass 1966

러시아어 파찰음은 치경음 /c/와 경구개음 /č/만 존재한다. 이 두 음은 모두 무성음으로 대응하는 유성음이 없다. 그리고 치경음 /c/ 는 경자음으로서 대응하는 연자음이 없고, 경구개음 /č/는 연자음 으로서 대응하는 경자음이 없다. 파찰음은 대응하는 쌍이 존재하지 않기 때문에 파찰음 내에서 음성적 대립을 찾을 수 없다. 그럼에도 불구하고 본서에서 음소에 존재하지 않는 실험에 포함시킨 이유는 피실험자들이 경자음과 연자음의 특징을 고려하여 발화할 것으로 기대되기 때문이다. 본서의 실험에서는 기존 연구에 나타난 마찰소 음의 길이를 단서로 사용하여 러시아어 파찰음을 연구할 것이다.

4. 러시아어 장애음의 실험 방법

본 장에서는 앞 장에서 다른 언어들의 장애음을 분석하기 위해 사용된 음성적 단서 중에서 러시아어에 적용될 음성적 단서들이 어떤 것들이 있는지 살펴본다. 그리고 본격적인 실험에 앞서 본서에서 사용될 실험 방법을 제시한다.

4.1. 러시아어의 음성적 단서

러시아어 경자음과 연자음을 구분하는 음성적 단서를 살피기 위해, 먼저 경자음과 연자음 뒤 모음의 F1 값과 F2 값을 살피고자 한다. 앞서 기존 연구에서 보았듯이, 러시아어 경자음과 연자음의 차이는 뒤따르는 모음의 F1 값과 F2 값에서 나타났다. 본서에서는 이에 대한 검증으로 러시아어 경자음과 연자음 뒤 모음의 F1 값과 F2 값을 비교해 본다.

그리고 러시아어 파열음을 연구하기 위해 VOT 길이를 살펴본다. Lisker and Abramson(1964)에서 주장한 것처럼, 대부분의 언어는 VOT 길이의 차이만으로도 파열음을 구분할 수 있었다. 우선 러시아어 유성음과 무성음에서도 VOT 길이의 차이가 있는지 살펴보고, 이러한 차이가 경자음과 연자음 대립에도 나타나는지 살펴본다.

하지만 Kim(1965)의 연구에서 한국어는 VOT 외에 다른 보조적인 단서가 필요하고, 이 단서가 바로 F0[19]이다. 영어에서도 유성음과 무성음 사이 SF0(segmental F0) 값의 차이를 보여 준다고 하였다(House and Fairbanks 1953, Lehiste and Peterson 1961, Umeda 1981). 그리고 고모음일수록 IF0(intrinsic F0) 값은 커진다고 하였다(Peterson 외 1952, Lehiste and Peterson 1961, Silverman 1987). 본서의 실험에서는 러시아어의 경자음과 연자음의 대립에서도 SF0 값의 차이가 나타나는지 살펴본다. F0 값은 마찰음과 파찰음에서도 나타나는 음성적 단서로 이 두 그룹에서도 경자음과 연자음 뒤 모음의 F0 값에서 차이가 있는지 살펴본다.

파열음과 달리 마찰음은 지속음이다. 따라서 마찰음에서는 지속의 정도를 나타내는 분절음의 길이가 중요한 단서로 작용한다. 기존 연구에서 살펴보았듯이, 많은 학자들이 마찰음의 마찰소음에 관해 연구하였고 이에 따라 유성마찰음과 무성마찰음이 구분되는 것을 볼 수 있었다. 앞 장의 이론적 배경에서 무성마찰음이 유성마찰음보다 마찰소음의 길이가 길다. 어떤 학자들(Baum and Blumstein 1987)은 그 범위가 중복되는 경우가 생긴다는 반론을 제기하기도 하였다. 그러나 이들도 무성마찰음이 유성마찰음보다 마찰소음의

---

19) 분절음적 F0(SF0)와 내재적 F0(IF0)에 관한 언급은 p.49의 각주 18 참조.

길이가 길다는 전제에는 이의를 제기하지 않았다. 먼저 러시아어의 경우에도 유성마찰음과 무성마찰음 간 마찰소음의 길이 차이가 존재하는지 살펴본다. 그리고 마찰소음 길이가 경자음과 연자음을 구분해 주는 음성적 단서로 작용하는지 살펴본다.

파찰음은 파열음과 마찰음의 연쇄로 이루어진 음이다. 따라서 파찰음을 연구하기 위해서는 파열음에서 나타나는 폐쇄 구간의 길이와 마찰음에서 나타나는 마찰소음의 길이를 살펴볼 수 있다. 그러나 파찰음의 폐쇄 구간은 CV 음절 앞의 휴지 구간과 중복되어 명확한 구분이 힘들다. 따라서 본서에서는 파찰음의 폐쇄 구간은 고려하지 않고, 마찰 부분의 음성적 단서만 살펴본다. 따라서 마찰음과 마찬가지로 파찰음의 마찰소음 길이를 가지고 경자음과 연자음이 구분되는지 살펴본다.

[표 18] 실험에 사용될 음성 단서들

분절음	실험에서 살펴볼 음성 단서
파열음	- F1, F2 - F0 - VOT
마찰음	- F1, F2 - F0 - 마찰소음 길이
파찰음	- F1, F2 - F0 - 마찰소음 길이

4.2. 실험 방법

4.2.1. 피실험자

실험에 참가한 피실험자는 모두 9명이다. 이 중 남자 화자가 5명 (MA, MB, MC, MD, ME)이고 여자 화자가 4명(WA, WB, WC, WD) 이다. 여자 화자들은 전부 20대 중반이고 남자 화자들은 20대 후반에 서 50대 초반이다. 모든 화자들은 발음상의 장애를 갖고 있지 않다.

MA는 모스크바 출신의 30대 화자로 현재 대사관에서 근무하는 외교관이다. 남자 화자 MB, MD는 현재 한국외국어대학교에서 러 시아어를 가르치는 교수들이다. 남자 화자 MC는 모스크바 출신의 30대 화자로 현재 서울에 위치한 대학원에서 한국어를 배우는 학 생이다. ME는 블라디보스토크 출신의 20대 후반의 화자로 서울에 있는 대학원에서 한국어를 배우는 학생이다. 여자 화자 4명 중 WA 1명만 블라디보스토크 출신이고 나머지 3명은 모두 모스크바 출신이다. 모든 여자 실험자들은 모두 서울에 있는 대학원에서 한 국어 및 경제학을 배우는 학생들이다.

피실험자의 인적사항은 아래와 같다.

[표 19] 피실험자의 인적사항

남자 화자			여자 화자		
MA	30대 초반	모스크바	WA	20대 중반	블라디보스토크
MB	40대 중반	블라디보스토크	WB	20대 중반	모스크바
MC	30대 초반	모스크바	WC	20대 중반	모스크바
MD	50대 초반	페테르부르크	WD	20대 중반	모스크바
ME	20대 후반	블라디보스토크			

4.2.2. 실험자료

음성 실험에 사용된 자료들은 러시아어 장애음인 파열음, 마찰음, 파찰음의 경자음과 연자음쌍을 모음 [a], [e], [i], [y], [o], [u]와 결합한 CV 음절로 구성하였다. 이 음절들은 실험문장 틀 속에 포함시켜 녹음되었다.

(1) 실험에 사용된 실험 문장

"Я скажу _____ ещё раз."(I say _____ again)
본서의 실험에 사용된 CV 음절 목록은 아래와 같다.[20]

(2)

	a	'a	e	'e	y	'i	o	'o	u	'u
b	ba	b'a	be	b'e	by	b'i	bo	b'o	bu	b'u
p	pa	p'a	pe	p'e	py	p'i	po	p'o	pu	p'u
g	ga	g'a	ge	g'e	gy	g'i	go	g'o	gu	g'u
k	ka	k'a	ke	k'e	ky	k'i	ko	k'o	ku	k'u
d	da	d'a	de	d'e	dy	d'i	do	d'o	du	d'u
t	ta	t'a	te	t'e	ty	t'i	to	t'o	tu	t'u
v	va	v'a	ve	v'e	vy	v'i	vo	v'o	vu	v'u
f	fa	f'a	fe	f'e	fy	f'i	fo	f'o	fu	f'u
z	za	z'a	ze	z'e	zy	z'i	zo	z'o	zu	z'u
s	sa	s'a	se	s'e	sy	s'i	so	s'o	su	s'u
x	xa	x'a	xe	x'e	xy	x'i	xo	x'o	xu	x'u

---

20) 아래 표에서 모음 앞에 점을 찍어 'V로 나타낸 것은 앞 자음이 연자음이라는 표시이다.

(3)

	a	'a	e	'e	y	'i	o	'o	u	'u
b	ba	b'a	be	b'e	by	b'i	bo	b'o	bu	b'u
p	pa	p'a	pe	p'e	py	p'i	po	p'o	pu	p'u
g	ga	g'a	ge	g'e	gy	g'i	go	g'o	gu	g'u
k	ka	k'a	ke	k'e	ky	k'i	ko	k'o	ku	k'u
d	da	d'a	de	d'e	dy	d'i	do	d'o	du	d'u
t	ta	t'a	te	t'e	ty	t'i	to	t'o	tu	t'u
v	va	v'a	ve	v'e	vy	v'i	vo	v'o	vu	v'u
f	fa	f'a	fe	f'e	fy	f'i	fo	f'o	fu	f'u
z	za	z'a	ze	z'e	zy	z'i	zo	z'o	zu	z'u
s	sa	s'a	se	s'e	sy	s'i	so	s'o	su	s'u
x	xa	x'a	xe	x'e	xy	x'i	xo	x'o	xu	x'u
c	ca	c'a	ce	c'e	cy	c'i	co	c'o	cu	c'u
č	ča	č'a	če	č'e	čy	č'i	čo	č'o	ču	č'u
ž	ža	ž'a	že	ž'e	žy	ž'i	žo	ž'o	žu	ž'u
š	ša	š'a	še	š'e	šy	š'i	šo	š'o	šu	š'u

실험문장에서 실험에 사용된 음절의 앞, 뒤 각각에 휴지기를 두어 동시조음의 가능성을 최대한 억제하였다. 하지만 몇몇 피실험자들은 어떤 경우에 휴지기를 두지 않고 발화한 경우가 있었다. 이런 경우들로 인해 본서에서는 파열음의 폐쇄 구간의 정보는 실험 결과에 포함시키지 않았다. 파열음의 경우 일반적으로 살필 수 있는 길이의 단서로 파열음의 폐쇄 구간, VOT 구간, 자음 뒤 모음의 길이 등이 있다. 그러나 본서에서는 폐쇄 구간과 자음 뒤 모음의 길이는 제외하고 파열음의 VOT 길이를 살필 것이다. 또한 자음 뒤 모음에 나타나는 단서인 F0, F1, F2 값을 살필 것이다.

여자 화자 2명(WB, WC)은 (2)의 목록에 있는 음절들을 녹음하였고, 나머지 화자들은 (3)의 목록에 있는 음절들을 녹음하였다. 실험목록 (3)은 (2)와 비교해 볼 때 파찰음 /c/와 /č/, 마찰음 /š/가 첨가되었다. 이는 초기 녹음에서 파찰음의 목록을 제외시켰다가 이후 연구의 범위를 넓히기 위해서 파찰음의 목록과 마찰음의 목록을 더했기 때문이다. 따라서 위의 세 음소에 대한 자료에는 화자 2명 (WB, WC)의 자료가 포함되어 있지 않다.

러시아는 넓은 영토를 가졌음에도 불구하고 심각한 방언적 차이는 거의 존재하지 않는다. 방언의 영향으로는 자음 /g/가 북부방언에서는 항상 [g]로 발음되지만 남부방언의 경우 이 음이 [ɣ]로 발음되는 경우가 있다.[21] 본 실험에 참여한 피실험자들은 북부지역인 모스크바, 페테르부르크, 동부지역인 블라디보스토크 출신의 화자들로 방언적 요소가 실험에 방해를 주지 않는다.

본서에서 CV 음절을 실험 자료로 선택한 이유는 러시아어의 어말에서 무성음화가 일어나 이 위치에서 유성음과 무성음의 대립이 사라지기 때문이다. 따라서 어말에서 자음이 중화되는 것을 피하기 위해서 CV 음절을 사용하였다. 또한 파열음의 단서를 보기 위해서 CV 음절을 사용했다. 러시아어는 어말에서 파열이 거의 일어나지 않아서 파열음의 가장 큰 특징인 VOT의 정보를 거의 얻을 수 없다. 물론 영어의 경우에는 어말에 나타나는 자음의 종류에 따라 자음 앞 모음의 길이가 달라져서 모음의 길이도 음성적 단서로 사용될 수 있다. 그러나 러시아어의 경우 어말은 무성음화가 일어나 완전히 중화가 이루어지기 때문에 VC 음절은 배제하고 CV 음절을 사용하였다.

---

21) 예를 들어 'bog'(神)이라는 단어는 표준 발음에서 어말 무성음화가 일어나서 [bok]로 발음되지만 일부 남부 지역에서는 [boɣ]로 발음된다.

MB의 경우에는 5번씩 녹음을 하였다. 본격적인 실험에 앞서 모의실험을 위해 먼저 피실험자 MB를 대상으로 실험 문장을 두 번 녹음을 해 보았다. 녹음에 큰 결함이 없었기 때문에 경우의 수를 늘리는 의미에서 실험 분석에 포함시켰다. 따라서 나머지 8명의 화자는 모두 3번씩 녹음을 하였지만 MB의 경우에는 5번의 녹음자료를 분석에 사용하였다.

분석에 사용된 실험 음절 자료 수는 두 번째 실험문장을 가지고 6명의 실험자가 녹음한 2,700개 음절(30개 자음×5개 모음×6명×3번), 첫 번째 실험문장을 가지고 2명의 실험자가 녹음한 660개 음절(22개 자음×5개 모음×2명×3번), 두 번째 실험문장을 가지고 MB 한 명의 실험자가 녹음한 750개 음절(30개 자음×5개 모음×1명×5번)로 총 4,110개 음절이다. 이 중 실험 중 발화 실수를 일으켜 분석이 힘든 음절 172개 음절[22]을 제외하고 실험에 사용된 총 음절 수는 3,938개이다.

발화 속도는 녹음 전 피실험자들에게 보통의 속도(normal speed)로 발화하도록 유도하였고 충분히 연습을 시킨 후 녹음하였다. 실제로 화자들 간의 속도 차이를 검증하기 위해 실험 음절 중에서 [ba]의 분절음 길이에 대한 ANOVA 검증을 실시하였다. 검증 결과, 유의확률 p=0.031로 99% 신뢰수준에서 영가설을 기각할 수 없으므로 화자들 간의 발화속도가 차이가 없음을 말해 준다.

---

22) 실험 분석에서 제외된 음절들은 대부분 휴지기를 두지 않고 발화한 결과 실험 문장 틀 앞부분의 음절과 실험 문장의 자음이 섞여 동화를 일으킨 경우들이다. 이러한 경우 본서의 실험에 올바른 정보를 줄 수 없기 때문에 실험 분석에서 제외시켰다. 또한 피실험자가 녹음 시 한 음을 두 번 발화한다든지, 머뭇거리는 발화 등의 실수도 발생하였다. 본서에서는 분석이 힘든 이러한 음절들은 실험 분석에서 제외시켰다.

[표 20] [ba]의 분절음 길이에 대한 화자별 검증

	F	유의확률
화 자	2.763	p = 0.031

4.2.3. 녹음방법

녹음은 한국외국어대학교 언어연구소의 방음장치가 되어 있는 녹음실에서 녹음하였고, 16kHz 표본화율(sampling rate), 16비트 양자화(quantization)를 통해 디지털 음성으로 자료를 추출하였다. 녹음된 실험 자료들은 분석 프로그램인 praat(version 4.2.18)을 통해 분석하였다. 마이크는 Audio – Technica사의 ATM 75를 사용했다. 이 마이크는 일방향 콘덴서(unidirectional condenser) 방식이고, 헤드셋 형태로 되어 있어서 피실험자가 실험 도중 움직임이 있어도 간격이 항상 일정하게 유지되었다.

4.3. 레이블링 및 측정 방법

실험 음절의 레이블링은 수동으로 작업을 하였다. 자동 레일블링 프로그램이 익숙하지 않은 것도 하나의 이유지만, 자동 레이블링보다는 수동 레이블링이 언어적 정보를 나타내는 데 더 용이하기 때문에 수동 레이블링을 선택하였다.

본 실험에서 파열음의 레이블링은 폐쇄 구간, VOT 구간, 모음

구간으로 나누었다. 러시아어 파열음은 lead VOT가 존재한다는 점에서 로맨스어와 유사하다. 본서에 사용된 파열음의 레이블링은 아래 그림에 나타난 Deuchar(1996)와 같은 방법으로 이루어졌다.

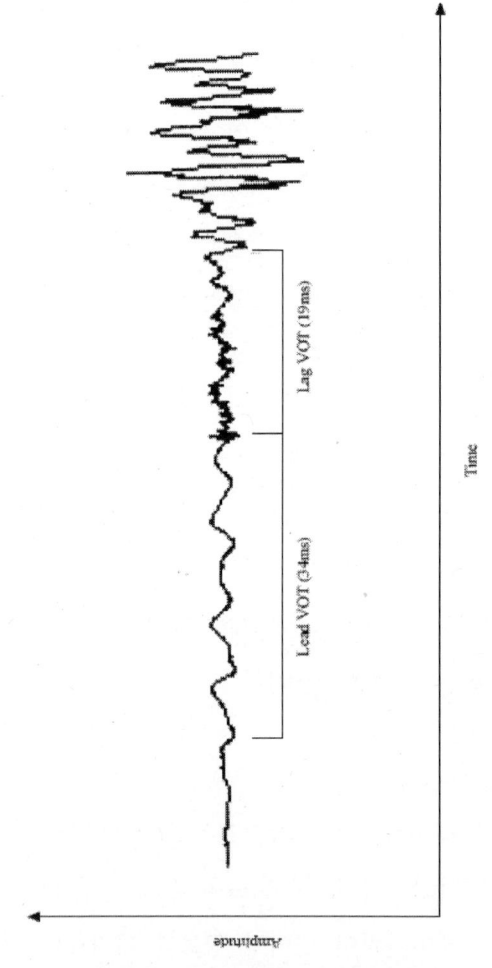

[그림 10] 스페인어 파열음 [g]의 파형 분석

스페인어 유성파열음 분석의 예이다. 앞쪽에서부터 lead VOT, lag VOT, 모음순으로 구분하고 있다(Deuchar 1996).

러시아어의 유성파열음은 위의 스페인어와 마찬가지로 파열 burst
가 일어나기 이전에 voice lead 값이 나타나고, 이후 짧은 lag VOT
구간이 나타나고 뒤에 모음이 이어진다. Lead VOT와 lag VOT 구
간의 경계는 lead VOT가 일정한 파형을 유지하다 약하게 burst가
보이는 구간을 경계로 삼았다. 유성파열음의 경우에는 무성파열음
에 비해 burst 정보가 약하게 나타났다.

Lag VOT와 모음의 경계는 규칙적인 모음의 파형이 시작되기 전
까지로 정하였다. 이때 모음의 시작은 파형의 제일 낮은 지점에서
구분하였다. 일반적으로 파형과 X축이 만나는 파형의 0점에서 레
이블링을 하지만 본 실험에서 파형이 X축과 만나지 않고 음수 부
분에서만 존재하는 경우가 있었기 때문에 일관성을 유지하기 위해
서 파형이 시작되는 최저점에서 구분하였다. 무성파열음은 lead VOT
구간이 없기 때문에 burst가 일어나는 부분을 경계로 그 앞부분은
자음의 폐쇄 구간으로 구분하였고, burst 이후 부분은 유성파열음
과 동일한 방법으로 lag VOT와 모음의 경계를 구분하였다.

아래 그림은 파열음의 레이블링의 한 예이다. [그림 11]의 ①에
서 ②까지가 lag VOT 구간이다. [그림 11]의 ①앞에 나타나는 주
기적인 파형은 유성파열음의 lead VOT 구간이다. 그리고 ②뒤에
나타나는 주기적인 파형은 모음의 시작점이다.

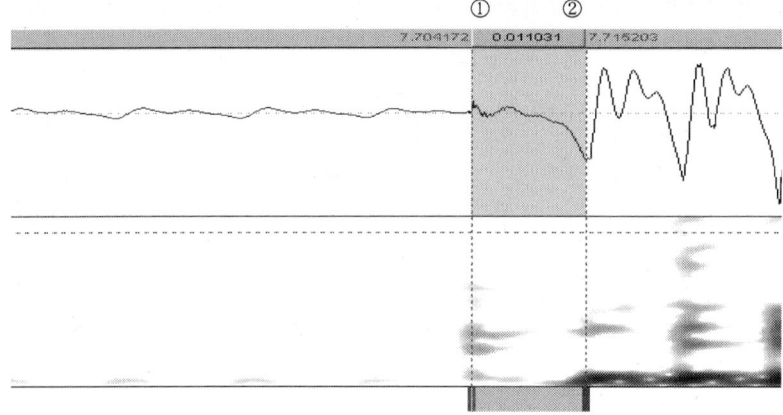

[그림 11] 파열음 레이블링의 예

유성파열음 [b]의 레이블링 예이다. 수직의 선이 2개 있는데 앞쪽의 수직선(①)에 약간의 파열 burst가 보인다. 이 burst가 일어나는 부분부터 뒤쪽의 수직선(②)이 있는 모음의 주기적 파형이 시작되는 부분까지가 lag VOT 구간이다. burst 앞쪽에 나타나는 주기적인 파형은 lead VOT 구간이다. 모음의 시작점은 파형이 x축과 만나는 0점이 아닌 굴곡의 최저점에서 구분을 하였다.

마찰음은 마찰소음과 모음의 연쇄로 이루어지는데 CV 음절에서 마찰소음과 주기적 파형의 모음은 비교적 쉽게 구분할 수 있었다. 마찰소음이 끝나는 지점을 모음의 규칙적인 파형이 시작되는 지점으로 정하고 그 지점을 기준으로 앞쪽은 마찰음, 뒤쪽은 모음으로 구분하였다.

그러나 유성마찰음은 마찰 구간에서도 주기적인 파형이 나타나서 모음과 구분이 힘든 경우가 있었다. 특히 레이블링할 때 가장 힘든 부분 중 하나가 바로 마찰음 [v]와 모음의 구분 점이었다.

러시아어 마찰음 /v/는 본래 전이음 /w/에서 유래된 음으로 현대 러시아어에서도 전이음의 성질을 많이 유지하고 있다(강흥주 외 1992).[23] 이러한 음소 /v/의 성질은 스펙트로그램상에서도 그대로

반영이 되는데 마찰음 /v/가 마치 전이음처럼 포만트 구조가 뚜렷
하게 나타나서 뒤따르는 모음과의 구분이 힘들었다. 본 실험에서는
마찰음의 구분 시 폐쇄 구간이 끝나고 파형이 시작되는 부분을 마
찰음의 시작순간([그림 12]의 ①)으로 하고, 파형에서 상승 폭이
커지기 시작하고 포만트의 에너지가 보다 명확히 표현되는 부분을
/v/의 마지막 순간([그림 12]의 ②)으로 하여 모음과 구분하였다.

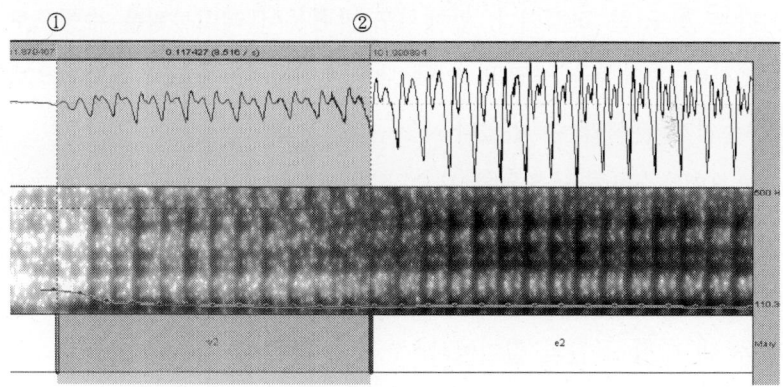

[그림 12] 마찰음 [v]의 레이블링 예

연자음 [v]와 모음 [e]의 결합인 음절 [ve]의 예이다. 마찰음 [v]의 경우 CV의 경계가 애매한 경우, 파
형이 시작되는 부분을 시작점으로 하고, 파형에서 상승 폭이 커지기 시작한 부분을 [v]의 마지막 점으로
하여 모음과 구분하였다. 이때 모음의 스펙트로그램은 마찰음 [v]와 비교했을 때 조금 더 선명하다.

파찰음은 파열음과 마찰음의 연쇄로 이루어진 음으로 파열음의

---

23) 러시아어 발음규칙에는 유-무성 동화현상이 나타난다. 이 규칙은 자음무리가 발생했을 경
우 뒤따르는 자음의 성질에 따라 앞에 있는 자음의 성질이 바뀐다는 것이다.
예) / -vt-/→[-ft-]: avtobus[aftobus]
하지만 뒤따르는 자음이 공명음일 경우에는 이 규칙이 적용되지 않는다. 마찰음 /v/가 다른
자음 뒤에 놓여 자음무리를 이룰 경우 다른 공명음처럼 앞에 있는 자음의 성질을 바꾸지는
않는다. 즉 유성음인 /v/ 앞에는 유성음뿐 아니라 무성음도 나타날 수 있다.
예) dvojix, tvojix: 뒤따르는 유성음 /v/와 상관없이, 유성음 /d/와 무성음 /t/가 그대로 발음

폐쇄 구간과 마찰음의 시작부분과 모음의 시작부분으로 구분을 하였다. 파열음의 경우와 마찬가지로 폐쇄 구간의 정보는 실험 분석에서 제외시켰고, 마찰소음의 부분과 뒤따르는 모음에 나타나는 정보를 가지고 분석하였다.

음성 parameter는 자동으로 추출하였다[24]. 자동 측정의 가장 큰 장점은 단시간에 많은 자료들을 분석할 수 있다는 것이다. 또한 실험자가 경우에 따라 기준을 달리할 수 있는 가능성을 배제할 수 있다는 것도 큰 장점이다. 앞에서도 밝혔듯이 레이블링은 수동으로 진행하여 정확성을 높였고, 이에 대한 분석은 자동으로 실행함으로써 손쉽게 분석할 수 있었다.

본서의 parameter 추출에 사용된 자동분석 프로그램은 두 가지이다. 첫 번째는 분절음의 길이를 측정하기 위한 것이다. 분절음 길이의 단서가 사용된 것은 파열음의 lag VOT, 마찰소음의 길이, 파찰음 내 마찰 구간의 길이이다.

두 번째 프로그램은 F0, F1, F2에 대한 값들을 한꺼번에 처리할 수 있는 프로그램을 직접 만들어서 분석에 사용하였다. 이 수치들은 CV 음절에서 모음에 나타나는 정보들로서 각 모음의 30%에 해당되는 부분까지의 평균값을 측정하였다. 모음 구간을 30% 정한 이유는 모음 전체를 측정할 경우, 연자음의 동시조음 효과가 덜 반영이 되기 때문에 모음 앞부분의 일정 부분을 선택하였다. 그리고 모음의 10%, 20%를 측정할 수도 있지만 많은 정보를 주지 못하기 때문에 본서에서 모음의 측정 범위를 30%로 정하였다.

---

24) 자동측정에 대한 기술적 부분은 한국외국어대학교 장태엽 교수님과 윤원희 교수님의 도움으로 이루어졌다.

4.4. 통계 분석

본서의 실험에 나타난 자료들의 통계 분석을 위해 통계 프로그램 SPSS ver. 12.0이 사용되었다. 본서에 사용된 통계 분석방법은 t - 검증과 ANOVA이다. t - 검증과 ANOVA는 동일한 검증방법이지만 집단 수에 따라 차이를 둔다. t - 검증은 검증하고자 하는 집단 수가 2개일 경우에 사용되고, ANOVA는 검증할 집단의 수가 3개 이상일 경우에 사용된다. 따라서 검증방법의 선택은 비교하는 집단의 수에 따라 t - 검증과 ANOVA를 병행하여 사용하였다. 그리고 ANOVA 검증에 대한 사후검증은 Scheffe 사후검증을 사용하였다. Scheffe 사후검증을 사용한 이유는 이 방법이 검증하고자 하는 집단의 개체 수가 서로 일치하지 않을 때 사용하는 일반적인 사후검증 방법이기 때문이다.

다음 장에서는 현대 러시아어에서 대립쌍을 형성하고 있는 경자음과 연자음의 음성적 차이를 알아보기 위한 발화 실험 결과를 살필 것이다. 발화 실험을 통해 러시아어 경자음과 연자음의 차이는 어떤 음성적 단서로 구분할 수 있는지 살필 것이다.

5. 러시아어 경자음과 연자음의 발화실험

앞선 제2장의 기존 연구에서 러시아어 경자음과 연자음을 구분해 주는 중요한 음성적 단서로 자음 뒤 모음의 F1 값과 F2 값의 차이를 들었다. 본 장에서는 우선 이에 대한 검증으로 경자음과 연자음 뒤 모음의 F1 값과 F2 값에 차이가 생기는지 점검한다. 그리고 파열음과 마찰음의 유성음 – 무성음 대립에서 사용되는 음성적 단서들을 경자음 – 연자음의 상관관계에도 적용시킬 것이다. 그리고 모든 러시아어 장애음 뒤 모음에 나타나는 F0 값을 비교하여 조음 방법별로 경자음과 연자음의 차이가 있는지 살펴보고자 한다.

그리고 조음 방법별 특성에 따라 나타나는 중요한 음성적 단서를 러시아어 경자음과 연자음의 구분에 적용시켜 본다. 파열음에서는 VOT 길이, 마찰음과 파찰음에서는 마찰소음 길이를 비교한다.

이와 같은 음성적 단서들을 실험 결과에 적용하여 어떤 단서들이 러시아어 경자음 – 연자음 대립을 설명할 수 있는지 검증해 본다.

5.1. CV 음절의 모음에 나타나는 F1, F2

기존 연구에서 러시아어 경자음과 연자음을 구분하기 위해 중요한 음성적 단서는 자음 뒤 모음의 F1 값과 F2 값이었다. 본서에서는 먼저 이에 대한 검증을 실시한다. 그리하여 본서의 실험 결과에서도 기존 연구와 마찬가지로 자음 뒤 모음의 F1 값과 F2 값이 러시아어 경자음과 연자음을 구분하는 음성적 단서로 작용하는지 살펴보고자 한다.

실험 가설

러시아어 연자음은 1차 조음을 유지한 채, [j]라는 2차 조음이 덧붙여진 소리이다. 이러한 조음 특징을 갖는 러시아어 연자음은 [+high, −back, +pal] 자질을 공유한다. 따라서 조음점의 고저와 관련 있는 F1 값에서 경자음 뒤 모음의 F1 값이 연자음 뒤 모음의 F1 값보다 클 것이다. 그리고 전후설성과 관련 있는 F2 값에서 연자음 뒤 모음의 F2 값이 경자음 뒤 모음의 F2 값보다 클 것이다.

5.1.1. [high] 자질에 관한 검증: F1

러시아어 연자음은 조음 시 [j]라는 2차 조음이 첨가되는 소리이기 때문에 연자음 뒷부분에서 고모음의 성질을 가진다. 모음의 F1 값은 주로 혀의 높낮이와 관련된 음성적 단서로, 저모음일수록 크다. 따라서 경자음 뒤 모음이 연자음 뒤 모음보다 F1 값이 클 것이다. 러시아어 연자음에 대한 기존 연구에서도 이와 동일한 결과를 보였다. 먼저 이에 대한 검증으로 자음 뒤 모음의 F1 값에서 경자음 뒤 모음이 연자음 뒤 모음보다 크게 나타나는지 살펴본다.

아래 표는 본 실험에서 나타난 결과를 조음 방법별로 나누어 경자음과 연자음 뒤 모음의 F1 값을 정리한 것이다.

[표 21] 조음 방법별 경-연자음에 따른 모음의 F1 값

(단위: Hz)

F1		파열음	마찰음	파찰음
평균(mean)	경자음	419.33	420.45	409.25
	연자음	363.59	377.25	392.01
표준 편차	경자음	117.42	102.89	106.05
	연자음	102.94	94.41	100.90
개체수	경자음	872	1013	200
	연자음	873	1013	197

파열음, 마찰음, 파찰음 모두에서 경자음 뒤 모음의 F1 값이 연자음 뒤 모음의 F1 값보다 크다.

조음 방법에 상관없이 모든 자음들이 경자음 뒤 모음에서 대응되는 연자음 뒤 모음의 F1 값보다 크다.

표에서 나타난 평균값의 차이가 통계적으로 유의미한지 알아보기 위해서 그룹을 조음 방법별로 나누어 각 그룹 내에서 경자음과 연자음 뒤 모음의 F1 값에 대한 t-검증을 실시하였다. 그 결과는 아래와 같다.

[표 22] 조음 방법별 경-연자음에 따른 모음의 F1 값 t-검증

F1	t	유의확률 (양쪽)
파열음	10.543	$p < 0.001$
마찰음	9.847	$p < 0.001$
파찰음	1.650	$p = 0.098$

파열음에 나타난 경자음과 연자음 뒤 모음의 F1 값에 대한 t – 검증 결과, 유의 확률이 p<0.001로 신뢰수준 99%에서 영가설을 기각시킨다.[25] 따라서 파열음은 경자음과 연자음 뒤 모음의 F1 값이 차이난다. 즉 경자음 뒤 모음의 F1 값이 연자음 뒤 모음의 F1 값보다 크다.

마찰음의 경우에도 경자음과 연자음 뒤 모음의 F1 값에 대한 t – 검증 결과, 파열음과 마찬가지로 유의확률이 p<0.001로 신뢰수준 99%에서 영가설을 기각시킨다. 따라서 두 그룹의 F1 값이 서로 차이난다. 즉 파열음과 마찰음의 두 그룹에서는 경자음 뒤 모음의 F1 값이 연자음 뒤 모음의 F1 값보다 크다.

파찰음 뒤 모음의 F1 평균값은 파열음이나 마찰음과 마찬가지로 연자음 뒤 모음의 F1 값이 대응되는 경자음 뒤 모음보다 작다. 그러나 t – 검증 결과, p=0.098로 통계적으로 유의미하지 않았다. 따라서 이 두 그룹 간 F1 값은 차이가 없다.

파찰음에 나타난 결과는 러시아어 음소 체계에서 이유를 찾을 수 있다. 러시아어에서 대부분의 자음들은 유성음과 무성음 대립과 마찬가지로 경자음과 연자음 대립을 이루지만 몇 개의 자음들은 경자음만 갖고 있거나 혹은 연자음만을 갖고 있어서 경자음 – 연자음 대립이 없다. 러시아어 파찰음에는 /c/와 /č/ 두 음소가 존재한다. 이 음소들 중 /c/는 경자음으로서 대응되는 연자음이 존재하지 않고, /č/는 연자음으로서 대응되는 경자음이 존재하지 않는다. 러시아어 파찰음은 경자음과 연자음에 대한 대립이 없다.

---

25) 영가설은 두 집단 A와 B가 같다는 가설이다. 만일 유의확률 p 값이 유의수준보다 낮을 경우, 영가설을 기각시킨다. 따라서 두 집단은 다른 집단이라 할 수 있다. 신뢰수준은 대개 99%, 95%가 사용된다.

본서의 실험에서는 러시아어 음소목록에 존재하지 않는 음소도 실험 음절로 만들어 녹음을 하였다. 그 이유는 러시아어 원어민들이 경자음 혹은 연자음의 대응되는 음이 없는 음소를 발음할 때도 다른 대립쌍과 비슷한 경향을 보이는지를 살펴보기 위해서이다.

본서의 실험 결과, 파열음과 마찰음처럼 경자음과 연자음 대립이 존재하는 음에서는 F1 값에서 두 그룹 간의 차이를 보여 주었지만 파찰음에서는 F1 값의 차이가 없다.

아래 그림들은 파열음, 마찰음, 파찰음의 조음 방법별로 뒤따르는 모음의 F1 값 평균을 나타낸 것이다.

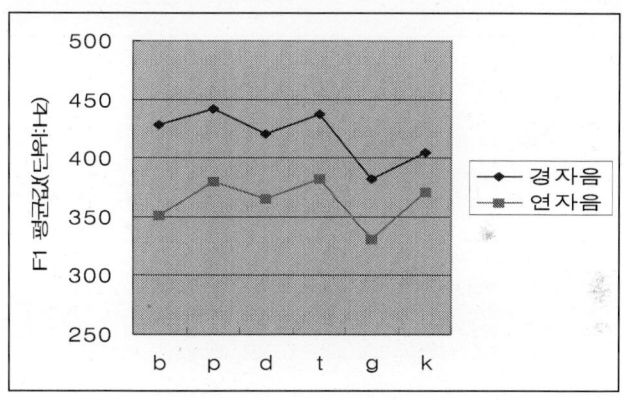

[그림 13] 파열음 뒤 모음의 F1 평균값

파열음 뒤 모음의 F1 평균값을 비교하였다. 경자음과 연자음쌍의 F1 값을 비교했을 때, 모음의 F1 값은 연자음보다 경자음 뒤에서 더 크다.

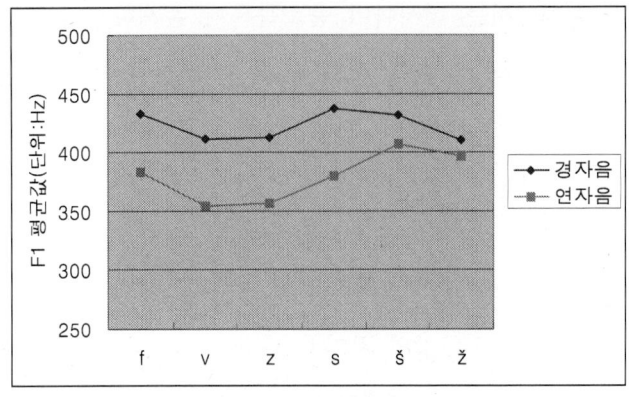

[그림 14] 마찰음 뒤 모음의 F1 평균값

마찰음도 파열음과 마찬가지로 모음의 F1 값은 연자음보다 경자음 뒤에서 더 크다.

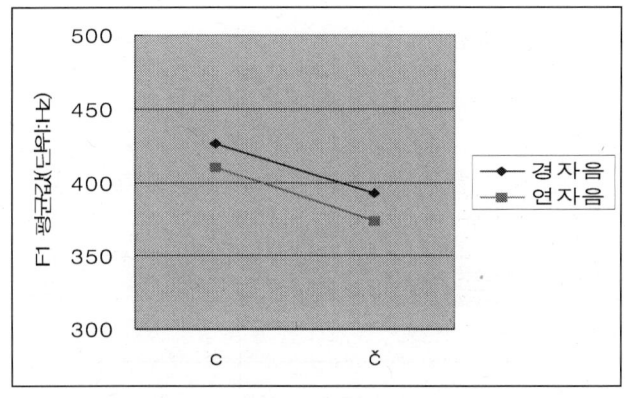

[그림 15] 파찰음 뒤 모음의 F1 평균값

파찰음 /c/와 /č/에서 경자음과 연자음 뒤 모음의 F1 평균값이 거의 동일하다.

본 실험에서 러시아어 연자음 뒤 모음의 F1 값이 대응되는 경자음 뒤 모음의 F1 값보다 작게 나타나서 기존 연구와 같은 결과를 보여 주었다. 이와 같이 연자음 뒤 모음의 F1 값이 작기 때문에,

러시아어 연자음의 조음점이 대응되는 경자음보다 조음점이 높다는 점이 입증되었다. 따라서 [high] 자질에 관해 러시아어 연자음에 [+high] 값을 부과하는 것이 타당하다.

5.1.2. [back] 자질에 관한 검증: F2

기존 연구에서 러시아어 연자음은 대응되는 경자음보다 뒤따르는 모음의 F2 값이 크다. F1 값과 마찬가지로 기존 연구에 대한 검증으로 경자음과 연자음 뒤 모음의 F2 값의 차이를 살펴보고자 한다.
아래 표는 실험에 나타난 값을 조음 방법별로 나누어 경자음과 연자음 뒤 모음의 F2 값을 정리한 것이다.

[표 23] 조음 방법별 경-연자음에 따른 모음의 **F2** 값

(단위: Hz)

F2		파열음	마찰음	파찰음
평균(mean)	경자음	1281.71	1296.05	1473.14
	연자음	1969.33	1847.56	1705.74
표준 편차	경자음	471.36	427.85	451.48
	연자음	449.33	472.28	464.02
개체수	경자음	872	1013	200
	연자음	873	1013	197

파열음, 마찰음, 파찰음 모두에서 경자음 뒤 모음의 F2 값이 연자음 뒤 모음의 F2 값보다 작다.

앞서 살펴본 F1 값과 마찬가지로, 조음 방법에 상관없이 모든 자음들이 경자음 뒤 모음에서 대응되는 연자음 뒤 모음보다 F2 값이 작다. 파열음과 마찰음은 경자음과 연자음 뒤 모음의 F2 평균 값에서 차이가 많이 나지만, 파찰음은 파열음이나 마찰음과 달리

경자음과 연자음 뒤 모음의 F2 평균값은 차이가 많이 나지 않는다.

경자음과 연자음 뒤 모음의 F2 평균값 차이가 통계적으로 유의미한지 알아보기 위해서 조음 방법별로 나누어 t-검증을 실시하였다. 그 결과는 아래와 같다.

[표 24] 조음 방법별 경-연자음에 따른 모음의 F2 값 t-검증

F2	t	유의확률 (양쪽)
파열음	-31.189	$p < 0.001$
마찰음	-27.545	$p < 0.001$
파찰음	-5.062	$p < 0.001$

파열음에 나타난 경자음과 연자음 뒤 모음의 F2 값에 대한 t-검증 결과, 유의 확률이 $p < 0.001$로 99%의 신뢰수준에서 영가설을 기각시킨다. 따라서 파열음에서 경자음과 연자음 뒤에 나타나는 모음의 F2 값은 차이가 있다.

마찰음의 경우에도 경자음과 연자음 뒤 모음의 F2 값에 대한 t-검증 결과, 파열음과 마찬가지로 유의확률이 $p < 0.001$로 99%의 신뢰수준에서 영가설을 기각시킨다. 따라서 두 그룹의 F2 값이 서로 차이가 있다. 즉 파열음과 마찰음의 두 그룹에서는 경자음 뒤 모음의 F2 값이 연자음 뒤 모음의 F2 값보다 작다.

파찰음은 뒤따르는 모음의 F1 평균값에서 경자음과 연자음의 차이를 보이긴 하지만 통계적으로는 유의미하지 않다. 그러나 F2 값에 대한 t-검증 결과는 F1 값과 달리, 통계적으로 유의미한 값을 보이며 경자음과 연자음이 서로 다르다. 비록 파열음과 마찰음의 경자음-연자음 값의 차이만큼 크지 않지만 파찰음의 경자음과 연

자음 뒤 모음의 F2 값도 차이를 보인다. 이 결과는 앞서 살펴본 F1 값이 통계적으로 유의미한 차이를 보여 주지 못한 것과 달리, 음소목록에 존재하지 않는 음소일지라도 경자음과 연자음을 구분하는 데 뒤따르는 모음의 F2 값이 유의미하게 사용될 수 있음을 보여 준다. 그 이유는 피실험자들이 음소목록에 존재하지 않는 음소일지라도 발음을 하도록 유도했을 때, 피실험자들이 이를 표현하기 위해 F2 값을 분명히 하려는 의도된 발화의 결과 때문이다. 또한 구강 내 혀의 높낮이의 차이보다는 혀의 전후 위치의 차이를 만드는 것이 더 용이해서 F1보다 F2 값이 더 뚜렷한 차이를 보인다.

따라서 러시아어 화자들은 경자음과 연자음의 구분을 위해서는 모음의 F1보다는 F2의 단서를 더 중요하게 여긴다는 것을 알 수 있다. 이는 Fant(1960), Öhman(1965), Derkach 외(1970), Purcell(1979)에서 F2가 러시아어 경자음과 연자음을 구분하는 주요한 음성적 단서라는 주장을 뒷받침한다.

아래 그림들은 파열음, 마찰음, 파찰음의 조음 방법별로 나누어 뒤따르는 모음의 F2 평균값을 나타낸 것이다.

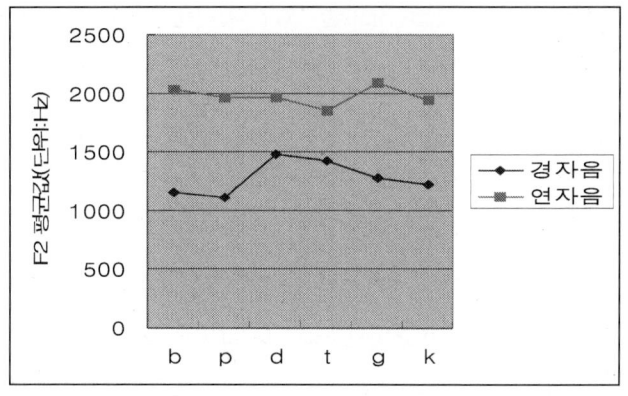

[그림 16] 파열음 뒤 모음의 **F2** 평균값

파열음 내에서 경자음 뒤 모음이 대응되는 연자음 뒤 모음보다 F2 값이 작다.

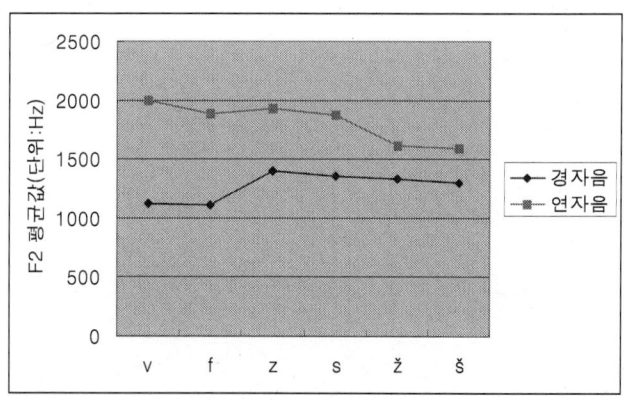

[그림 17] 마찰음 뒤 모음의 **F2** 평균값

파열음에서와 마찬가지로 마찰음에서도 경자음 뒤 모음이 대응되는 연자음 뒤 모음보다 F2 값이 작다.

위의 그림 16, 17에서 보듯이, 파열음과 마찰음에서 러시아어 경자음과 연자음 뒤 모음은 1,500Hz를 경계로 F2 값이 구분된다. 즉 연자음이 1,500Hz 이상, 경자음은 1,500Hz 이하에서 F2 값이 나타난다.

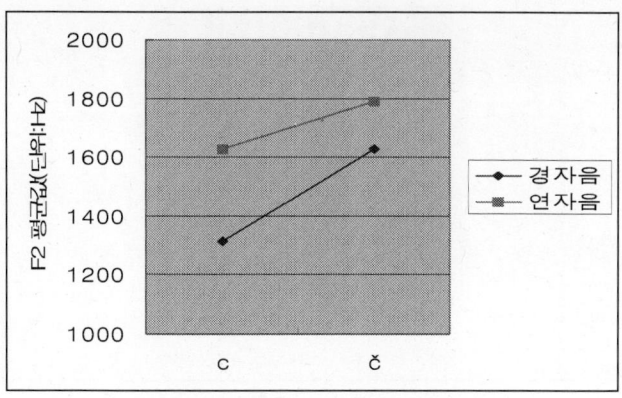

[그림 18] 파찰음 뒤 모음의 F2 평균값

파찰음에서도 연자음 뒤 모음의 F2 값이 대응되는 경자음 뒤 모음의 F2 값보다 크다.

러시아어 파찰음은 경자음과 연자음의 대립이 없어서 /c/는 항상 경자음, /č/는 항상 연자음으로 사용된다. 따라서 위의 [그림 18]에서 파찰음은 대응되는 경자음과 연자음을 제외시킬 경우 경자음 /c/ 뒤 모음은 1,300Hz, 연자음 /č/뒤 모음은 1,800Hz로 파열음과 마찰음의 기준점인 1,500Hz에서 경자음과 연자음의 F2 값이 구분된다.

본서의 실험에서, 러시아어 파열음과 마찰음 뒤 모음의 F2 값은 경자음과 연자음을 구분하는 단서로 사용되었다. 또한 F1 값에서 파찰음은 경자음과 연자음이 서로 다르지 않지만, F2 값에서는 경자음과 연자음이 서로 차이가 나타났다. 또한 러시아어 장애음의 경자음과 연자음 뒤 모음의 F2 평균값을 비교한 결과, 러시아어에서 경자음과 연자음 대립을 하지 않는 음을 제외시키면 1,500Hz에서 경자음과 연자음이 구분된다.

아래 스펙트로그램은 모음이 앞에 위치한 자음의 자질에 따라 서로 다르게 실현되는 것을 보여 준다.

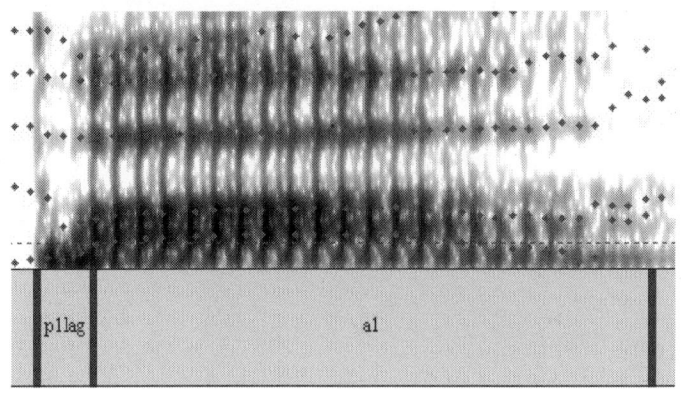

[그림 19] 피실험자 MA의 [pa] 스펙트로그램

경자음 뒤에 나타나는 모음 [a]의 스펙트로그램이다. 수평으로 나타난 선이 포만트를 보여 준다. 아래에서 첫 번째와 두 번째 수평선이 각각 F1과 F2를 나타낸다. 여기에서 모음 [a]는 F1과 F2가 매우 가깝게 붙어 있다.

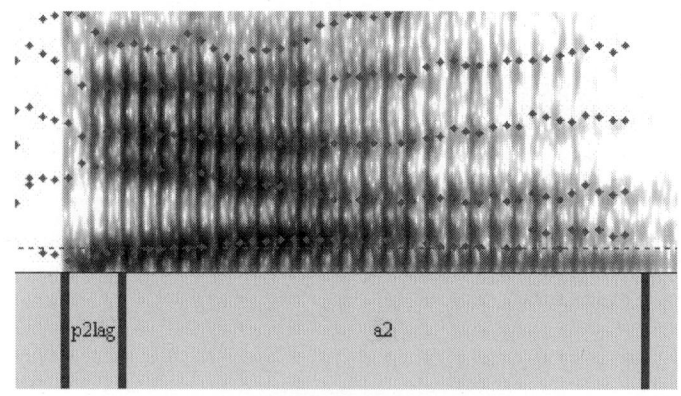

[그림 20] 피실험자 MA의 [p'a] 스펙트로그램

연자음 뒤에 나타나는 모음 [a]의 스펙트로그램이다. 경자음 뒤의 모음 [a]와 달리, 연자음의 영향으로 모음의 앞부분에서 F2 값이 매우 크다.

[그림 19]와 [그림 20]을 비교해 봤을 때, 모음의 F2 값이 많은 차이를 보인다. 경자음 뒤에 나타나는 모음 [a]는 F2가 F1과 매우 가깝게 나타나는 반면에, 연자음 뒤에 나타나는 모음 [a]는 F1과 F2가 매우 떨어져 있다. 연자음 뒤 모음 [a]는 마치 이중모음의 전이구간처럼 앞부분의 많은 부분에서 전이가 일어난다. 모음의 안정 구간은 중간 부분 이후에 나타난다. 따라서 실험 결과에서 본 것처럼, 러시아어 연자음의 2차 조음 [j]가 뒤따르는 모음의 조음에 많은 영향을 준다.

5.1.3. 요 약

기존 연구에서 러시아어 경자음과 연자음은 뒤따르는 모음의 F1 과 F2 값의 차이로 구분된다. 본서의 실험에서도 이와 동일한 결과를 보였다.

음성적 단서 F1은 경자음과 연자음 뒤 모음의 평균값에서 차이가 있었고 통계적으로 유의미한 차이를 보였다. 따라서 경자음과 연자음은 뒤따르는 모음의 F1 값에서 차이가 나타났다. 그러나 모든 장애음들의 경자음과 연자음을 구분하는 기준점은 존재하지 않는다.

음성적 단서 F2는 F1과 마찬가지로 평균값에서 차이가 있고 통계적으로도 유의미한 차이를 보여 경자음과 연자음 뒤 모음의 F2 값이 서로 다르다고 할 수 있다. 그러나 F1과 달리 F2는 경자음과 연자음의 대립쌍을 갖지 않은 음들을 제외시킬 경우 1,500Hz에서 분명하게 구분된다. 즉 모든 러시아어 장애음들의 연자음은 뒤따르는 모음의 F2 값이 1,500Hz 이상이다.

또한 경자음과 연자음의 대립쌍을 갖지 않은 파찰음의 경우에 F1은 통계적으로 유의미한 차이를 보이지 않지만, F2는 통계적으로 유의미한 차이를 보인다. 이는 러시아어 화자들이 러시아어 연자음을 구분하기 위해서 F2 값을 분명히 하려는 의도된 발화의 결과 때문이다. 따라서 러시아어 연자음을 구분하는 음성적 단서로서 자음 뒤 모음의 F2가 F1보다 더 중요한 역할을 한다.

아래 그림들은 모든 화자들의 경자음과 연자음 뒤 모음의 F1과 F2 평균값을 각각 X축과 Y축으로 나누어 동일 좌표에 표현한 것이다. 먼저 파열음의 경우를 살펴보면, 경자음과 연자음이 X축에 있는 F1 값은 서로 겹치는 부분이 많지만 Y축에 있는 F2 값은 겹치는 부분 없이 분명하게 구분된다.

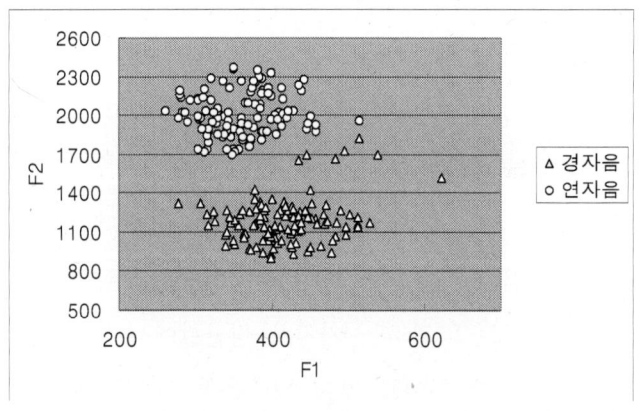

[그림 21] 파열음의 경-연자음 뒤 모음의 F1-F2 분산표

X축의 F1은 겹치는 부분이 있지만 Y축의 F2는 몇 가지 예외적인 경우를 제외하고 대체적으로 1,500Hz에서 경자음과 연자음이 구분된다.

마찰음도 파열음과 마찬가지로 X축의 F1 값은 겹치는 부분이 많고 Y축의 F2 값은 서로 구분된다.26) [그림 22]에서 보듯이, 러시아어 마찰음은 몇 가지 예외적인 경우를 제외하고 F2 값을 나타내는 Y축의 1,500Hz를 경계로 경자음과 연자음이 구분된다.

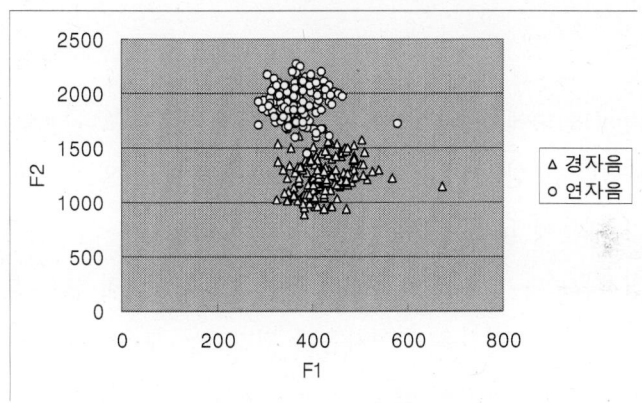

[그림 22] 마찰음의 경 - 연자음 뒤 모음의 F1 - F2 분산표

파열음과 마찬가지로 F2 값을 나타내는 Y축의 1,500Hz에서 경자음과 연자음이 서로 구분된다.

기존 연구에서와 마찬가지로 본서의 실험 결과에서도 자음 뒤 모음의 F1과 F2 값은 파열음과 마찰음에서 경자음과 연자음을 구분하는 중요한 단서로 사용될 수 있음을 밝혔다. 그리고 자음 뒤 모음의 F1과 F2 평균값을 동일 좌표에 놓고 살펴본 결과, 실험 통

---

26) 이 도표에서는 경자음과 연자음 대립쌍을 갖지 않는 마찰음 /š/와 /ž/는 제외시켰다. 또한 경자음과 연자음 대립쌍을 갖지 않는 파찰음도 도표로 나타내지 않았다. 실험 통계 분석에서 이 음들을 포함시켜 분석한 이유는 러시아어 화자들이 경자음과 연자음을 구분하기 위해 어떤 음성적 단서를 더 중요하게 여기는지를 살펴보는 것이기 때문이다. 반면에 위의 F1 - F2 분산표들은 러시아어 음소 목록에 실재하는 경자음과 연자음의 차이를 살피기 위한 것이기 때문에 대립쌍이 없는 마찰음 /š/와 /ž/와 파찰음들은 도표에서 제외시켰다.

계 분석에서 보여 준 것처럼 러시아어 경자음과 연자음의 구분을 위한 중요한 음성적 단서는 자음 뒤 모음의 F2 값이다.

5.2. CV 음절 경계에서의 F0

Tomson(1910)에서는 러시아어 연자음은 경자음보다 pitch가 높다고 하였다. 또한 언어 보편적으로 고모음이 저모음보다 IF0 값이 더 크기 때문에 [j]라는 2차 조음을 갖는 러시아어 연자음은 대응되는 경자음보다 뒤따르는 모음의 F0 값보다 클 것이다. 본 실험에서는 러시아어 경자음과 연자음이 뒤따르는 모음에서 F0의 차이를 보이는지 살펴보고자 한다.

> 실험 가설
>
> 언어 보편적으로 고모음이 저모음보다 IF0 값이 더 크다. 러시아어 연자음은 [j]라는 2차 조음이 덧붙여진 소리이기 때문에 고모음의 특징을 보일 것이다. 따라서 연자음 뒤 모음의 F0 값이 경자음 뒤 모음의 F0 값보다 클 것이다.

5.2.1. 유성음과 무성음 뒤 모음의 F0

성문 하부 압력의 차이로 인해 무성음 뒤 모음의 F0 값이 유성음 뒤 모음의 F0 값보다 크다. 즉 성문 하부 압력이 상대적으로 큰 무성음이 압력이 작은 유성음보다 F0 값이 크다. 따라서 일반적으로 무성음이 유성음보다 뒤따르는 모음의 F0 값이 더 크다.

본서의 실험에 나타난 러시아어 유성음과 무성음 뒤 모음의 F0 값을 비교한 결과, 러시아어도 다른 언어들과 마찬가지로 무성음 뒤 모음의 F0 값이 유성음 뒤 모음의 F0 값보다 크다.

[표 25] 파열음과 마찰음의 유-무성음에 대한 뒤따르는 모음의 F0 평균값 비교

(단위: Hz)

F0		평 균	표준편차	개체수
파열음	유성	151.83	34.99	876
	무성	161.39	36.91	869
마찰음	유성	152.97	36.56	751
	무성	159.57	39.04	1275

[표 26] 파열음과 마찰음의 유-무성음에 대한 뒤따르는 모음의 F0 값 t-검증

F0	t	유의확률(양쪽)
파열음	-5.553	p < 0.001
마찰음	-3.825	p < 0.001

위의 표는 유성파열음과 무성파열음 뒤 모음의 F0 값의 차이에 대한 통계 분석이다. 두 집단 간 t-검증 결과, 유의확률이 p<0.001 로 99%의 신뢰수준에서 이 두 집단은 서로 다른 집단이라고 할 수 있다. 따라서 러시아어 파열음에서 무성음이 유성음보다 뒤따르는 모음의 F0 값이 크다. 이 결과는 다른 언어들에서도 무성음 뒤 모음이 유성음 뒤 모음의 F0 값보다 크다는 결과(House and Fairbanks 1953, Lehiste and Peterson 1961, Umeda 1981)와 일치한다.

마찰음 뒤 모음의 F0를 분석한 결과, 유의확률은 p<0.001로 99% 의 신뢰수준에서 이 두 집단은 서로 다른 집단이라고 할 수 있다.

즉 무성마찰음 뒤 모음의 F0 값이 유성마찰음 뒤 모음의 F0 값보다 크다.

위의 실험에서 러시아어는 파열음과 마찰음 모두에서 무성음 뒤 모음의 F0 값이 대응되는 유성음 뒤 모음의 F0 값보다 크다.

5.2.2. 경자음과 연자음 뒤 모음의 F0

Tomson(1910)은 러시아어 경자음과 연자음은 pitch 값에서 차이를 보인다고 하였다. 즉 연자음의 pitch 값이 경자음보다 더 높다(Halle: 1971에서 재인용). 그러나 Halle(1971)는 러시아어 경자음과 연자음의 pitch를 측정하기 위한 Tomson의 실험 방법에 대해서 언급하고 있지 않다. 따라서 본서에서는 SF0를 측정하여, Tomson의 실험과 동일한 결과를 보여 주는지 살펴보고자 한다. Pitch와 관련된 음성적 단서는 F0이므로, 본서에서는 SF0 값을 비교하여, 러시아어 경자음과 연자음에 pitch의 차이가 있는지 살펴본다. 앞의 4장에서 밝혔듯이, 본서에서는 경자음과 연자음의 SF0를 연구하기 위해 CV 음절에서 모음의 30%에 해당되는 부분까지의 평균값을 측정하였다.

러시아어 연자음은 조음 시 [j]라는 2차 조음이 덧붙여져서 고모음처럼 혀가 위로 올라가서 조음된다. 일반적으로 고모음이 저모음보다 F0 값이 크다. 따라서 [j] 조음을 포함하는 러시아어 연자음이 대응되는 경자음보다 뒤따르는 모음의 F0 값이 더 클 것이라고 가정할 수 있다. 그러나 본서의 실험 결과는 다르게 나타났다. 즉

경자음 뒤 모음의 F0 평균값이 대응되는 연자음 뒤 모음의 F0 값
보다 크다.

아래 그림은 러시아어 경자음과 연자음 뒤 모음에 나타나는 F0
평균값을 보여 준다.

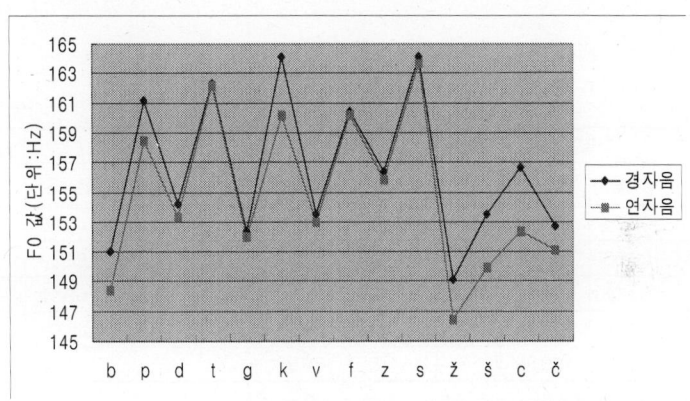

[그림 23] 러시아어 장애음들의 경 - 연자음 대립에 따른 모음의 F0 평균값

본서의 실험에서 경자음과 대응되는 연자음 뒤 모음의 F0 값을
비교해 봤을 때 두 집단 간에는 평균값에서 차이가 나타난다. 위
의 그림에서 보듯이, 모든 장애음에서 경자음 뒤 모음의 F0 값이
대응되는 연자음 뒤 모음의 F0 값보다 크다.

좀 더 세분화하여 살펴보기 위해, 조음 방법별로 나누어 경자음
과 연자음 뒤 모음의 F0 값을 살펴보았다. 경자음과 연자음 내에
서는 모두 저모음 [a]가 고모음 [i], [u]보다 F0 값이 작다. 이 결과
는 고모음이 저모음보다 IF0 값이 크다는 언어 보편적 현상과 일
치한다.

그리고 경자음 뒤 모음의 F0 값과 연자음 뒤 모음의 F0 값을 비교해 봤을 때, 대부분 경자음 뒤 모음의 F0 값이 대응되는 연자음 뒤 모음의 F0 값보다 더 크다.

아래 표들은 각각의 조음 방법별로 구분하여 경자음과 연자음에 따라 모음에 나타나는 F0 값을 보여 준다.

[표 27] 경자음과 연자음 뒤에 나타나는 모음의 F0 값

(단위: Hz)

모음	파열음		F0값 비교	마찰음		F0값 비교	파찰음		F0값 비교
	경자음	연자음		경자음	연자음		경자음	연자음	
a	151.75	150.60		153.20	151.10		148.33	146.66	
e	153.53	153.02		152.05	154.63		141.25	152.32	√
i	158.16	162.68	√	160.08	163.50	√	156.81	162.51	√
o	157.24	155.74		156.40	156.15		151.96	142.69	
u	162.64	160.89		164.07	159.98		167.31	159.80	

모음 [i], 파찰음의 [e]를 제외하고 모든 경우에서 경자음 뒤 모음의 F0 값이 연자음 뒤 모음의 F0 값보다 크다. √ 표시는 연자음 뒤 모음의 F0 값이 경자음 뒤 모음의 F0 값보다 큰 경우를 나타낸다.

위의 표에서 [i]-[y] 대립은 다른 모음들과 달리 경자음보다는 연자음 뒤에서 모음의 F0 값이 더 크다. 앞에서도 살펴보았듯이, 현대 러시아어에서 이 두 모음은 모음 /i/의 변이음이라고 하지만 여전히 두 모음의 조음은 다른 모음의 대립과 달리 매우 다르다. 즉 연자음과 결합하는 [i]는 전설모음이고 경자음과 결합하는 [y]는 중설모음이다. 따라서 [i]-[y]의 대립에서 연자음 뒤 모음이 경자음 뒤 모음보다 F0 값이 크게 나타난 것은 이 두음이 변이음적 관계를 벗어날 정도로 조음점이 다르기 때문이다.

위의 표에 나타난 경자음과 연자음쌍에 나타나는 각각의 모음들

을 비교해 보면(예를 들어, 경자음 뒤 [a]와 연자음 뒤 [a]), 앞선 가정과는 다른 결과를 나타낸다. 실험가설에서 러시아어의 연자음은 경자음보다 높은 지점에서 조음되는 음이기 때문에 연자음 뒤 모음이 대응되는 경자음 뒤 모음보다 F0 값이 클 것이라고 가정했다. 하지만 그 결과는 반대의 결과를 나타냈다. 즉 경자음 뒤에 나타나는 모음의 F0 값이 연자음 뒤에 나타나는 모음의 F0 값보다 더 크다. 위의 표에서 [i]−[y]를 제외하면 파찰음의 [e]의 경우에서만 연자음 뒤 모음의 F0 값이 크고, 나머지는 모두 경자음 뒤 모음의 F0가 크다.

이는 모음의 IF0 값에 대한 것보다 모음 앞에 위치한 경자음 SF0의 영향력이 더 크게 작용한 결과이다. 이러한 예는 Jang(2000)의 한국어 연구에 나타난다. 이 연구에 의하면, 한국어의 경우 SF0가 IF0보다 영향력이 높게 작용한다. 한국어에서 '평음+고모음'의 결합과 '기음+저모음, 경음+저모음'의 결합 시 IF0 값이 큰 고모음의 결합보다는 SF0가 큰 기음과 경음과의 결합이 더 큰 F0 값을 보인다.

본서의 실험 결과, 러시아어는 한국어와 마찬가지로 IF0가 큰 연자음 뒤 모음27)보다 IF0가 작은 경자음 뒤 모음의 F0 값이 더 크다. 따라서 러시아어도 모음의 IF0보다는 자음의 SF0가 더 큰 영향을 준다.

아래 표는 유성음과 무성음 뒤에 오는 모음의 F0 값과 경자음과 연자음 뒤에 오는 모음의 F0 값을 검증한 것이다.

---

27) 연자음 뒤 모음은 앞선 연자음의 영향으로 모음 앞부분에서 [j]로 시작한다. 따라서 연자음 뒤 모음은 대응되는 경자음 뒤 모음보다 고모음의 성격을 가지게 되어 IF0가 높다고 할 수 있다.

[표 28] 자음 뒤 모음의 F0 값에 대한 ANOVA 검증

	F	유의확률
경자음 – 연자음	1.948	$p = 0.163$
유성음 – 무성음	33.336	$p < 0.001$
경자음 – 연자음* 유성음 – 무성음	0.081	$p = 0.775$

유성음과 무성음에 따른 F0의 차이는 유의미하게 나타나지만, 경자음과 연자음 대립에 따른 F0의 차이는 유의미하게 나타나지 않는다. 또한 이 두 요소를 합친 결과도 유의미하게 나타나지 않는다.

경자음과 유성음 뒤 모음의 F0 평균값에서는 일관되게 경자음의 SF0가 연자음의 SF0보다 크다. ANOVA 검증 결과, 유성음과 무성음에 따른 F0의 차이는 유의확률 $p<0.001$로 통계적으로 유의미하게 나타난다. 그러나 경자음과 연자음에 따른 F0의 차이는 $p=0.163$으로 통계적으로 유의미한 결과를 보여 주지 못한다. 또한 이 두 가지 요소를 동시에 고려해 본 경우에도 F0 값의 차이가 유의미한 결과를 나타내 주지는 못한다. 따라서 경자음과 연자음 뒤 모음의 F0 값이 서로 다르다고 말할 수 없다.

아래 표는 조음 방법별로 세분하여 경자음과 연자음의 SF0 차이가 있는지 살펴본 것이다.

[표 29] 조음 방법별 경 – 연자음 뒤 모음의 F0 값 t – 검증

	t	유의확률 (양쪽)
파열음	1.068	$p = 0.285$
마찰음	0.837	$p = 0.403$
파찰음	0.754	$p = 0.451$

모든 경우에서 유의확률 $p>0.05$로 통계적으로 유의미한 결과를 보여 주지 못한다.

그러나 조음 방법별로 나누어 t – 검증을 한 결과도 앞선 F0의 실험 결과와 동일하다. 경자음과 연자음 대립에 따른 SF0 값이 모

든 경우에서 유의확률 p>0.05로 통계적으로 유의미한 값을 보여주지 못한다. 따라서 러시아어가 한국어와 마찬가지로 자음의 SF0가 모음의 IF0보다 크다고 말할 수 없다.

하지만 위의 실험결과([표 29])에 나타난 것처럼, 일관되게 경자음의 SF0 평균값이 대응되는 연자음의 SF0 평균값보다 크게 나타난다는 것은 주목할 필요가 있다.

5.2.3. 요 약

본 장에서는 러시아어 경자음과 연자음의 구분을 위해 자음 뒤 모음의 F0를 살펴보았다. Tomson(1910)에서는 연자음의 pitch 값이 경자음보다 높다. 본서의 가설에서도 Tomson과 마찬가지로 러시아어 연자음의 SF0가 대응되는 경자음의 SF0보다 더 클 것이라고 가정하였다. 그 이유는 러시아어 연자음의 조음 시 [j]라는 2차 조음이 덧붙여져서 고모음처럼 혀가 위로 올라가서 조음이 되는 특성 때문이다. 그러나 본서의 실험 결과는 가설과 다르게 나타났다. 본서의 실험 결과에 의하면, 가설에서처럼 러시아어 연자음의 SF0가 경자음의 SF0보다 크지 않았다. 러시아어 경자음과 연자음의 대립에서 pitch, 즉 SF0 평균값은 경자음의 SF0 값이 연자음의 SF0 값보다 더 크다.

그러나 경자음과 연자음의 F0 값의 차이는 통계적으로 유의미한 차이를 보이지 않는다. 하지만 위의 실험 결과([표 29])에 나타난 것처럼, 일관되게 경자음의 SF0 값이 대응되는 연자음의 SF0 값보다 크다는 것은 주목할 필요가 있다.

이 결과는 비록 경자음과 연자음 뒤에 오는 모음의 F0 차이가 통계적으로 유의미하게 나타나지 않았지만, 모음의 IF0가 작용하지 못하도록 자음의 SF0가 작용한 결과이다. 따라서 러시아어에서 자음과 모음의 결합 시 모음의 IF0보다 자음의 SF0가 더 큰 영향을 준 것으로, 이것은 러시아어 자음이 모음보다 음운적으로 더 큰 영향력을 행사한다는 것을 입증한다.

이 실험 결과는 현대 러시아어의 음운체계에서 자음과 모음이 차지하는 음운적 지위와 일치한다. 현대 러시아어는 자음 중심의 언어이다(강덕수 1990, 강홍주 외 1992). 따라서 자음 뒤에 따라오는 모음들은 앞의 자음이 경자음인가, 연자음인가에 따라 음운적 특성이 바뀌게 된다.

5.3. 파열음의 VOT

파열음을 구분하는 가장 중요한 음성적 단서는 VOT이다. Lisker and Abramson(1964)은 대부분의 언어가 VOT 길이만으로 파열음을 구분한다고 하였다. 본 실험에서는 먼저 다른 언어들에서처럼 유성음과 무성음이 VOT[28] 길이에 차이가 있는지 살피고, 러시아어 경자음과 연자음을 구분하는 음성적 단서로 작용하는지 살펴본다.

---

28) 본서의 실험에서는 폐쇄 구간에서 유성음에 나타나는 lead VOT 값은 제외하고 파열 이후 모음의 조음이 이루어지기 전까지 발화가 지연되는 lag VOT만 사용하였다.

실험 가설

러시아어 연자음은 경자음에 [j]라는 2차 조음이 덧붙여진 소리이다. 파열음의 VOT는 성대 지연 시간을 나타내는 단서로 연자음이 경자음보다 좀 더 발음이 지연되어 VOT 길이가 더 길게 될 것이다.

5.3.1. 유성파열음과 무성파열음의 VOT

Zue(1976)는 파열음의 방출 부분에서 무성음이 대응되는 유성음보다 더 길다고 하였다. 실험 결과 러시아어 파열음의 VOT 길이도 모든 음들에서 무성음이 대응되는 유성음보다 VOT 길이가 길다. 아래 표는 치음 /d/와 /t/를 제외한 경자음과 연자음 내에 나타나는 유성음과 무성음의 VOT 평균값을 보여 준다. 아래 표에서 치음 /d/와 /t/를 제외시킨 이유는 이 두 음의 연자음 대립쌍인 /d'/와 /t'/가 파열음 /b/, /p/, /g/, /k/와 달리 파찰음화를 일으켜 파열음의 성질이 변질되기 때문이다.

[표 30] 경자음 내 유-무성에 따른 VOT 값

(단위: msec)

	평 균	개체수	표준편차
b	12	144	0.0079
g	24	144	0.0103
p	33	144	0.0177
k	60	144	0.0200

[표 31] 경자음의 유 - 무성에 따른 VOT 값 t - 검증

	t	유의확률(양쪽)
순음	- 12.832	p⟨0.001
연구개음	- 19.130	p⟨0.001

표에서 나타난 것처럼, 경자음 내에서 러시아어 유성음과 무성
음의 VOT 평균길이를 살펴본 결과, 유성음의 VOT 길이가 대응되
는 무성음의 VOT 길이보다 짧다. 이에 대한 t - 검증 결과는
p<0.001로 99% 신뢰수준에서 영가설을 기각시켜 두 집단은 서로
다르다. 즉 무성음이 대응되는 유성음보다 VOT 길이가 길다.

[표 32] 연자음의 유 - 무성에 따른 VOT 값

(단위: msec)

	평 균	개체수	표준편차
b'	14	144	0.0079
g'	32	144	0.0147
p'	37	144	0.0180
k'	66	144	0.0212

[표 33] 연자음의 유 - 무성에 따른 VOT 값 t - 검증

	t	유의확률 (양쪽)
순음	- 13.814	p ⟨ 0.001
연구개음	- 15.664	p ⟨ 0.001

연자음 내에서도 경자음과 마찬가지로 유성음과 무성음의 VOT
평균길이를 비교했을 때 유성음의 VOT 길이가 대응되쪽 무성음의
VOT 길이보다 짧다. 이에 대한 t - 검증 결과도 p<0.001로 99%

신뢰수준에서 영가설을 기각시켜 두 집단은 서로 다르다.

파열음의 유성-무성에 따른 VOT 길이의 t-검증 결과, 각각 경자음과 연자음 내에서 유성파열음의 VOT보다 무성파열음의 VOT 길이가 더 길다. 5.3.2.에서는 러시아어 경자음과 연자음의 VOT 길이를 비교하여 두 그룹의 차이가 있는지 살펴보겠다.

5.3.2. 경자음과 연자음의 VOT

앞에서 보았듯이, 러시아어 파열음은 경자음과 연자음 모두에서 무성음의 VOT 길이가 대응되는 유성음의 VOT 길이보다 길다. 여기에서는 경자음과 연자음의 VOT 길이를 비교하여 두 그룹 간의 VOT 길이 차이가 있는지 살펴본다.

아래 표는 파열음의 VOT 길이에 대한 평균값을 나타낸 것이다.

[표 34] 파열음의 VOT 평균길이

(단위: msec)

	경자음			연자음		
	평 균 (mean)	개체수	표준편차	평 균 (mean)	개체수	표준편차
b	12	144	0.0079	14	144	0.0079
p	33	144	0.0177	37	144	0.0180
d	17	149	0.0103	46	149	0.0207
t	30	147	0.0138	82	148	0.0306
g	24	144	0.0103	32	144	0.0147
k	60	144	0.0200	65	144	0.0212

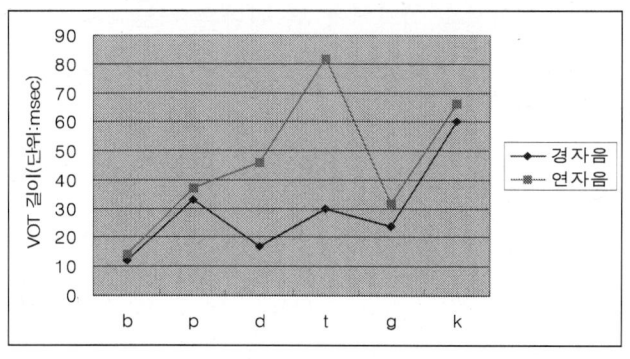

[그림 24] 파열음의 경 – 연자음에 따른 VOT 평균길이

파열음의 경자음 – 연자음에 따른 VOT 길이에 대한 그래프이다. 경자음들의 VOT 길이가 해당되는 연자음들의 VOT 길이보다 짧다.

위의 그림에서 보듯이, 파열음의 모든 자음들에서 경자음이 대응되는 연자음보다 VOT 길이가 짧다. 한 가지 특이한 점은 연자음 /d'/와 /t'/가 대응되는 경자음과 비교할 때, 연자음의 VOT 길이가 매우 길다는 것이다. 이는 연자음 /d'/와 /t'/의 조음이 경자음의 조음과는 조금 다르기 때문이다. Halle(1971)에 따르면, 이 음들은 조음 시 많은 소음(stridency)을 일으키며 약한 파찰음화를 겪는다. 그리고 경자음 /d/, /t/와 연자음 /d'/, /t'/의 차이는 다른 파열음에서 나타나는 차이점들과 다르다. Avanesov(1984)에서는 /d'/와 /t'/의 조음 시, 혀의 접촉면이 치아의 뒷부분부터 치경, 혹은 경구개 앞부분까지 접촉면이 넓어진다. 따라서 이 두 파열음은 조음 시 파열이 많이 지연되어 파찰음화가 일어난다.

본 실험에서도 연자음 /d'/와 /t'/는 파열 시 다른 파열음들과는 다른 특성을 보였다. 다른 파열음들은 폐쇄 구간이 끝나면서 파열이 일어날 때 짧은 순간의 마찰을 보인다. 반면에 연자음 /d'/와 /t'/

는 다른 파열음과 비교해 볼 때 매우 긴 마찰 구간을 보인다. 이
는 파찰음에서 보여 주는 폐쇄와 마찰의 결합과 유사하다. 그 결
과 연자음 /dʲ/와 /tʲ/의 VOT 길이는 매우 길어진다.

연자음 /dʲ/와 /tʲ/에 대한 발음은 화자에 따라 매우 다양하게 나
타나서 화자별 임의변이(free variation)가 매우 크다.

[표 35] 화자별 /dʲ/의 VOT 평균길이

(단위: msec)

d'	평균	표준편차	개수
MA	41	0.0126	15
MB	38	0.0136	25
MC	50	0.0157	15
MD	56	0.0207	15
ME	33	0.0090	15
WA	47	0.0158	15
WB	53	0.0242	19
WC	34	0.0126	15
WD	73	0.0264	15

연자음 /dʲ/의 발화시 화자에 따라 VOT 길이가 매우 큰 차이를 보인다. 피실험자 WD와 WC의 VOT
길이의 차이는 2배가 넘는다.

[표 36] 화자별 /tʲ/의 VOT 평균길이

(단위: msec)

t'	평균	표준편차	개수
MA	69	0.0160	15
MB	69	0.0222	25
MC	61	0.0130	15
MD	79	0.0219	15
ME	47	0.0124	15
WA	88	0.0200	15
WB	116	0.0252	18
WC	104	0.0217	15
WD	115	0.0296	15

연자음 /dʲ/와 마찬가지로 연자음 /tʲ/에서도 피실험자 간 VOT 평균길이 차이가 매우 크다. WB와 ME
의 VOT 값의 차이가 2배를 훨씬 넘는다.

위에서 보듯이, 러시아어 연자음 /dʲ/와 /tʲ/는 파찰음화가 진행되어 이 음들의 VOT 구간은 마찰음의 마찰소음과 같은 긴 소음 구간이 존재한다. 따라서 본 실험에서는 치음 /d/와 /t/를 포함한 결과와 이 음들을 제외한 결과를 나누어 VOT 길이를 비교하였다. 먼저 치음 /d/와 /t/를 포함한 결과는 아래와 같다.

[표 37] 치음 /d/와 /t/를 포함한 파열음의 경 - 연자음에 따른 VOT 평균길이

(단위: msec)

VOT	평 균	표준편차	개수
경자음	30	0.0209	872
연자음	47	0.0302	873

[표 38] 치음 /d/와 /t/를 포함한 파열음의 경 - 연자음에 따른 VOT 길이 t - 검증

	t	유의확률(양쪽)
VOT	- 13.520	p < 0.001

파열음의 경 - 연자음에 따른 VOT 길이에 대한 t - 검증 결과이다. 유의확률 p<0.001로 통계적으로 유의미한 결과를 보여 준다.

치음 /d/와 /t/를 포함한 모든 화자들의 파열음 VOT 평균길이는 각각 경자음이 29ms, 연자음이 46ms로 나타났다. 그리고 경자음과 연자음 비교를 위한 VOT 길이의 t - 검증 결과, 유의확률은 p<0.001로 99%의 신뢰수준에서 영가설을 기각시킨다. 따라서 러시아어 경자음과 연자음의 VOT 길이가 서로 다르다고 할 수 있다. 즉 경자음이 연자음보다 VOT 길이가 짧다.

그러나 연자음 /dʲ/와 /tʲ/는 파찰음화가 발생하는 음이기 때문에 이 두음으로 인해 전체 파열음의 정보가 왜곡될 수도 있다. 따라서 이 두 음을 뺀 나머지 파열음들만을 살펴보는 것도 의미가 있

다. 아래 표는 치음 /d/와 /t/를 제외한 파열음의 VOT 평균길이와 이에 대한 t-검증 결과이다.

[표 39] 치음 /d/와 /t/를 제외한 파열음의 경-연자음에 따른 VOT 평균길이

(단위: msec)

VOT	평균	표준편차	개수
경자음	33	0.0203	576
연자음	37	0.0246	576

[표 40] 치음 /d/와 /t/를 제외한 파열음의 경-연자음에 따른 VOT 길이 t-검증

	t	유의확률(양쪽)
VOT	-3.122	p=0.002

파열음 내에서 파찰음화가 발생하는 치음 /d/와 /t/를 제외한 파열음의 VOT 길이는 이 음들이 포함된 결과(p<0.001)와 마찬가지의 결과를 보인다. 즉 99%의 신뢰수준에서 두 집단은 서로 다르다. 따라서 경자음이 연자음보다 VOT 길이가 짧다.

따라서 러시아어 파열음은 파찰음화가 일어나는 연자음 /d'/와 /t'/를 포함시켰을 때와 포함시키지 않았을 때 모두에서, 경자음과 연자음의 VOT 길이는 차이가 있다.

5.3.3. 요 약

본 실험에서 러시아어 연자음의 VOT 길이는 대응되는 경자음의 VOT 길이보다 더 길다. 이런 결과는 Cho and Ladefoged(1999)에서

VOT의 차이를 발생시키는 6가지 유형 중에서 원인을 찾을 수 있다.

먼저 연구개 경자음 /k/와 연자음 /k'/의 차이는 Cho and Ladefoged(1999)에서 네 번째로 언급한 '조음자 접촉면의 양' 때문이다. Cho and Ladefoged(1999)에서 언급한 것처럼, 접촉면이 넓으면 방출의 속도가 느려지고, 조음자가 천천히 분리가 되어 성대를 가로지르는 압력을 생산하는 데 더 긴 시간이 요구된다. 즉 VOT 길이가 길어진다. 러시아어에서 경자음 /k/와 연자음 /k'/를 비교해 볼 때, 연자음 /k'/가 대응되는 경자음 /k/보다 접촉면이 넓어 공기 방출의 속도가 느려진다. 따라서 연자음 /k'/가 경자음 /k/보다 VOT 길이가 길다.

순음의 경우, Cho and Ladefoged(1999)에서 세 번째 언급한 '조음자의 움직임' 때문에 VOT 길이가 달라진다. 경자음 /p/는 폐쇄 기간 중 혀가 중립적 위치에 놓여 있고, 연자음 /p'/는 혀가 경구개 쪽으로 올라간다. 이 위치에서 파열이 생기면 경자음보다는 연자음의 조음이 속도가 느려지고, 따라서 성대의 압력을 만드는 데 시간이 지연된다. 따라서 연자음의 VOT 길이가 길어진다. 특히 치음 /d'/와 /t'/는 대응되는 경자음에 비해 상당한 파찰음화가 진행되면서 VOT 길이가 많이 길어진다.

본서의 실험 결과, 러시아어 파열음 조음 시 연자음은 경자음에 비해 VOT가 길다. 따라서 러시아어 연자음은 경자음보다 발화가 지연되는 소리임을 알 수 있다.

5.4. 마찰소음 길이

마찰음의 가장 중요한 음성적 단서는 마찰소음 길이이다. 일반적으로 무성음의 마찰소음이 유성음의 마찰소음보다 길다. 본 실험에서는 러시아어 마찰음의 경자음과 연자음을 구분하기 위한 음성적 단서로 마찰소음의 길이를 측정하였다. 먼저 유성마찰음과 무성마찰음의 마찰소음 길이를 비교하고, 경자음과 연자음의 마찰소음 길이도 비교해 본다. 그 결과 러시아어 마찰음은 경자음과 연자음에서 마찰소음의 길이가 차이 나는지 살펴본다.

그리고 파찰음은 파열음과 마찰음의 연쇄로 이루어진 소리이다. 본서에서는 파찰음의 폐쇄 구간은 고려하지 않고, 마찰 부분의 음성적 단서만 살펴본다. 따라서 마찰음과 마찬가지로 파찰음의 마찰소음의 길이가 경자음과 연자음을 구분하는 음성적 단서가 되는지 살펴본다.

실험 가설

러시아어 연자음은 경자음에 [j]라는 2차 조음이 덧붙여진 소리이다. 연자음은 경자음의 기본 조음과 2차 조음을 동시에 실현해야 하기 때문에 경자음의 마찰소음 길이보다 더 길 것이다.

5.4.1. 마찰음의 마찰소음 길이

먼저 유성마찰음과 무성마찰음의 마찰소음 길이를 비교하여 이 두 그룹에 차이가 있는지 살펴보았다. 마찰소음 길이에 대한 유-무성 대립을 비교할 때, 마찰음 /x/는 무성음으로서 대응되는 유성음들이 존재하지 않기 때문에 제외되었다.

아래 표는 러시아어 마찰음의 마찰소음 길이를 분절음 별로 나누어 평균길이를 살펴본 것이다.

[표 41] 마찰음의 마찰소음 평균길이

(단위: msec)

	경자음			연자음		
	마찰소음	개체수	표준편차	마찰소음	개체수	표준편차
f	204	145	0.0418	190	145	0.0406
v	150	136	0.0573	148	136	0.1142
z	182	145	0.0405	188	143	0.0445
s	232	146	0.0442	239	147	0.0439
ž	188	94	0.0411	189	97	0.0451
š	241	100	0.0747	257	100	0.0671
x	192	147	0.0410	200	144	0.0409

먼저 유성음과 무성음의 마찰소음의 평균값을 비교한 결과, 무성마찰음들이 유성마찰음보다 마찰소음의 길이가 길다.

[표 42] 마찰음의 유-무성에 따른 마찰소음 길이 t-검증

	t	유의확률(양쪽)
마찰소음 길이	-18,390	p < 0.001

유성마찰음과 무성마찰음의 마찰소음 길이 평균값에 대한 t-검증을 실시한 결과, 유의확률은 $p < 0.001$로 99%의 신뢰수준에서 영가설을 기각한다. 따라서 두 집단이 서로 다른 마찰소음 길이를

가진다. 즉 무성마찰음의 소음 길이가 대응하는 유성마찰음의 소음 길이보다 길다.

두 번째로 마찰음의 경자음과 연자음의 마찰소음 길이를 비교해 보았다. 표에서 보듯이, 마찰음의 마찰소음 길이는 유성음과 무성음의 구분과 달리 분절음에 따라 경자음이 길게 나타나기도 하고, 연자음이 길게 나타나기도 한다.

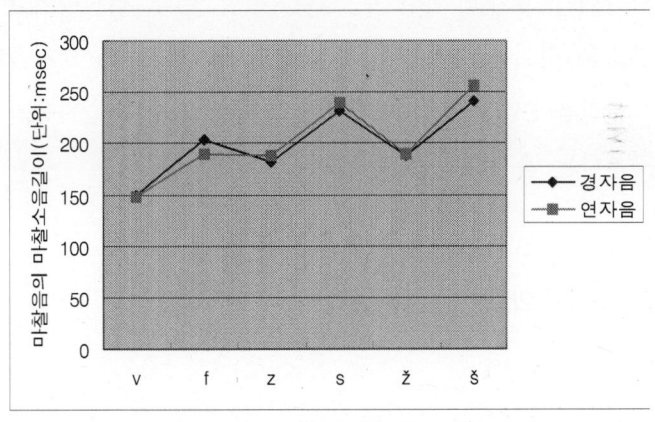

[그림 25] 마찰음의 마찰소음 길이

유성음과 무성음의 대립과 달리 경자음과 연자음의 마찰소음 길이는 분절음에 따라 경자음, 또는 연자음이 길게 나타나서 일관성을 보여 주지 못한다.

아래 표는 마찰음에서 경자음과 연자음의 대립에 따른 마찰소음 길이에 대한 t-검증 결과를 보여 준다. 마찰소음 길이에 대한 평균값은 앞의 [표 41]에서 볼 수 있다.

[표 43] 마찰음의 경 - 연자음에 따른 마찰소음 길이 t - 검증

	t	유의확률(양쪽)
마찰소음 길이	0.061	p = 0.952

마찰음의 경자음과 연자음의 마찰소음 길이가 차이 나는지 살펴 보기 위해 t - 검증한 결과 p=0.952로 통계적으로 유의미한 결과 를 보여 주지 못한다. 즉 마찰음에서 경자음과 연자음의 마찰소음 길이는 차이가 있다고 말할 수 없다. 실험 결과, 러시아어 마찰음 의 마찰소음 길이는 유성음과 무성음의 대립과 달리, 경자음과 연 자음은 마찰음에서 마찰소음 길이의 차이가 없어서 경자음과 연자 음을 구분하는 음성적 단서로 사용될 수 없다.

5.4.2. 파찰음의 마찰소음 길이

마찰음과 마찬가지로 파찰음에서도 경자음과 연자음 대립에 대 한 마찰소음 길이를 비교해 보았다. 러시아어 파찰음에서는 경자음 과 연자음 대립이 존재하지 않는다. 그럼에도 불구하고 본서에서 음소에 존재하지 않는 실험에 포함시킨 이유는 피실험자들이 해당 자음의 특징을 고려하여 발화할 것으로 기대되기 때문이다. 앞서 살펴본 자음 뒤 모음의 F2 값에서는 경자음과 연자음 대립쌍이 존 재하지 않는 파찰음의 경우에도 통계적으로 유의미한 차이를 보였 다. 이는 러시아어 화자들이 경자음과 연자음을 구분하기 위해 F2 값의 차이를 반영하려는 경향 때문이다. 따라서 파찰음의 마찰소음 길이도 이런 화자들의 의도가 반영이 되는지 살펴본다.

파찰음의 경 - 연자음에 따른 마찰소음의 길이는 아래와 같다.

[표 44] 파찰음의 마찰소음 평균길이

(단위: msec)

파찰음		마찰소음	개체수	표준편차
c	경자음	158	99	0.0357
	연자음	157	100	0.0408
č	경자음	136	101	0.0314
	연자음	144	97	0.0322

[표 45] 파찰음의 경 - 연자음에 따른 마찰소음 평균길이

(단위: msec)

	평균	표준편차	개수
경자음	148	0.035	200
연자음	151	0.037	197

파찰음에서 경자음과 연자음의 마찰소음을 비교한 결과, 경자음은 148ms, 연자음은 151ms로 연자음이 약간 더 긴 마찰소음 길이를 보였다.

[표 46] 파찰음의 경 - 연자음에 따른 마찰소음 길이 t - 검증

	t	유의확률(양쪽)
마찰소음 길이	- 0.924	p = 0.356

파찰음의 마찰소음 길이에 대한 t - 검증을 실시한 결과, 유의확률 p=0.356으로 통계적으로 유의미한 차이를 보이지 않았다. 파찰음은 마찰소음 길이의 평균값에서도 거의 차이가 없고, 통계 수치에서도 유의미한 결과를 보여 주지 못하였다.

앞서 마찰음의 마찰소음 길이에 대한 비교에서와 마찬가지로 파찰음에서도 마찰소음의 길이가 경자음과 연자음을 구분해 주지 못한다. 이는 F2 값이 파찰음의 경자음과 연자음을 구분했던 것과 달리 마찰소음의 길이는 러시아어 경자음과 연자음을 구분하는 음성적 단서로 사용할 수 없다.

5.4.3. 요　약

러시아어 마찰음은 다른 언어들과 마찬가지로 유성마찰음과 무성마찰음에서 마찰소음 길이의 차이를 보인다. 그러나 경자음과 연자음의 대립에서는 마찰소음 길이가 다르게 나타나지 않는다. 그리고 파찰음에서도 파찰음의 마찰 부분에서 마찰소음 길이가 경자음과 연자음을 구분해 주지는 못한다.

앞의 실험 결과에서 본 것처럼, F2 값이 파찰음에서 경자음과 연자음을 구분했던 것과 달리, 마찰소음의 길이는 러시아어 경자음과 연자음을 구분하는 음성적 단서로 사용될 수 없다.

파열음과 달리 마찰음은 비교적 긴 시간 장애가 지속되는 음이다. 따라서 마찰음에서 연자음은 마찰소음이 지속되는 과정에서 [j]의 2차 조음이 이루어져서 경자음과 분절음의 길이에 차이를 두지 않고도 연자음의 조음이 실현된다.

6. 결 론

　본서에서 러시아어 장애음의 경자음과 연자음에 대립을 구분하는 음성적 단서를 살펴보았다.

　러시아어 연자음은 [j]라는 2차 조음을 가진다. 음운론에서 러시아어 연자음을 구분하는 변별 자질은 [+high, −back, +pal]이다. 또한 음성학적 연구에서 연자음의 조음적 특성을 가장 잘 보여 주는 음성적 단서는 자음 뒤 모음에 나타나는 F1 값과 F2 값이다. 기존 연구들에서 러시아어 연자음의 특징은 뒤따르는 모음의 F1 값과 F2 값에서 구분된다고 하였다. 본서에서도 자음 뒤 모음의 F1 값과 F2 값은 파열음과 마찰음 모두에서 통계적으로 유의미한 차이를 보였다. 그리고 파찰음에서 뒤따르는 모음의 F2 값은 통계적으로 유의미한 차이를 보이고, F1 값에서는 평균값의 차이가 있음에도 불구하고 통계 분석에서 유의미한 결과를 보여 주지는 못했다. 그러나 파찰음이 대응되는 경자음과 연자음을 갖고 있지 않다는 점에서 러시아어 장애음은 뒤따르는 모음의 F1 값과 F2 값에서 경자음과 연자음의 차이를 보임을 알 수 있다. 그리고 경자음과 연자음 대립쌍을 갖고 있지 않음에도 불구하고 뒤따르는 모음의 F2 값이 유의미한 차이를 보였다는 것은 피실험자들이 연자음을 표현하기 위해 의도적으로 F2 값을 크게 만든 결과이다. 이런 점에서 러시아어 연자음성에서 뒤따르는 모음에 나타나는 F2 값은 중요한 음성적 단서라고 할 수 있다.

또한 F0 값은 모든 장애음에서 경자음 뒤 모음의 F0가 대응되는 연자음 뒤 모음의 F0 값보다 더 크다. 실험가설에서 연자음이 [j]가 덧붙여진 소리이기 때문에 경자음보다 연자음 뒤 모음의 F0 값이 클 것이라고 가정했지만 결과는 그렇지 않았다. 경자음과 연자음 F0 값의 차이가 통계적으로 유의미한 차이를 보이지 않지만 일관되게 경자음의 SF0 값이 대응되는 연자음의 SF0 값보다 크다는 것은 주목할 만하다. 이 결과는 모음의 IF0가 작용하지 못하도록 자음의 SF0가 더 크게 작용한 결과로 러시아어 자음이 모음보다 음운적으로 더 큰 영향력을 행사한다는 것을 입증한다.

분절음의 길이에 있어서는 조음 방법에 따라 다르게 나타났다. 분절음의 길이에 대한 단서로는 파열음에서 VOT 길이, 마찰음과 파찰음에서는 마찰소음 길이가 사용되었다.

마찰소음 길이는 마찰음 내에서 무성음이 유성음보다 마찰소음 길이가 길어서 유성음과 무성음을 구분하는 음성적 단서로 사용되었다. 그러나 마찰음과 파찰음에서 분절음의 단서로 사용된 마찰소음 길이는 경자음과 연자음에 따라 다른 결과를 보여 주지 못하였다. 따라서 러시아어 마찰음과 파찰음에서 마찰소음 길이는 경자음과 연자음을 구분하기 위한 음성적 단서로 사용될 수 없다.

그러나 파열음은 분절음의 길이에서 차이를 보였다. 파열음의 분절음 길이의 단서로 VOT 길이를 사용하였다. 먼저 VOT 길이는 무성음이 유성음보다 길게 나타났다. 그리고 경자음과 연자음의 대립에서는 파찰음화가 진행되는 연자음 /dʲ/와 /tʲ/를 포함하거나 포함하지 않는 모든 경우에서 연자음의 VOT 길이가 경자음의 VOT 길이보다 길게 나타났다. 이는 연자음이 경자음에 [j]라는 2차 조음이 합쳐진 소리라는 점을 뒷받침해 주는 결과이다. 그러나 마찰음과 파찰음에서는 경자음과 연자음의 마찰소음 길이 차이가 없어서 러시아어 연자음의 분절음의 길이가 경자음보다 항상 길다고 할 수는 없다.

본서에서 러시아어 경자음과 연자음의 상관관계를 나타내는 주요 음성적 단서는 자음 뒤 모음의 F1 값과 F2 값으로 모든 장애음에 적용된다. 그리고 파열음에서는 VOT 길이가 음성적 단서로 사용된다. 또한 경자음 뒤 모음의 F0 값이 대응되는 연자음 뒤 모음의 F0 값보다 크다는 점에서 러시아어 경자음과 연자음의 구분을 위해 모음에 나타나는 F0 값이 보조적 단서로 사용될 수 있다.

기존 연구에서 러시아어 연자음의 음성적 특징은 대응되는 경자음에 비해 뒤따르는 모음의 F1 값이 작고, F2 값이 크다는 것이다. 그러나 본서에서는 이 음성적 단서 이외에 파열음의 VOT 길이와 장애음 뒤 모음의 F0 값이 러시아어 경자음과 대응되는 연자음을 구분시켜 주는 단서로 사용될 수 있음을 증명하였다.

기존 연구들에서 다루지 않았던 파열음의 VOT 길이와 자음의 SF0를 다루어 이 단서들이 러시아어 경자음과 연자음을 구분하는 중요한 단서로 사용될 수 있음을 증명한 사실에 본서의 의미를 둘 수 있다.

[표 47] 러시아어 경자음과 연자음 대립에 관한 음성적 단서

주요 단서	F1	경자음 〈 연자음
	F2	경자음 〈 연자음
	VOT	경자음 〈 연자음
보조 단서	F0	경자음 〈 연자음

　지금까지 본서에서는 러시아어 장애음의 음성적 단서를 살펴보았다. 아직까지 국내에서는 러시아어에 관한 실험음성학 연구가 전무한 실정이다. 이런 국내외 상황에서 본서가 실험음성학에 대한 본격적인 논의를 시작했다는 점에서 많은 의의가 있다. 본서를 계기로 국내에서도 러시아어 실험음성학에 대한 많은 논의가 이어졌으면 한다.

　본서는 러시아어 장애음에 대한 발화 실험만 실시하였다. 기존 연구에서 살폈듯이, 마찰음과 파찰음을 연구하기 위해서는 청취 실험도 병행이 되어야 한다. 따라서 향후 연구에서는 마찰음과 파찰음의 연구는 청취 실험을 통해 보다 더 깊이 있는 연구를 할 것이다.

　그리고 본서는 CV 음절에 관한 실험만 진행되어 파열음의 폐쇄 구간은 고려하지 않았다. 향후 연구에서는 파열음의 폐쇄 구간 정보를 살펴보기 위해 VCV 음절도 포함시켜 연구를 할 것이다.

【참고문헌】

강덕수(1990), 『노어음성학』, 서울: 진명출판사.

강덕수·김진원·이은순·표상용(1995), 『러시아 언어학 연구의 방법과 문제』, 서울: 한신문화사.

강홍주·강덕수(1992), 『러시아어사』, 서울: 민음사.

박순복·이봉원·신지영·김기호(1998), 「한국어 마찰음과 파찰음의 변별 지각단서」, 『음성과학』 4권 1호, 47 – 58.

신지영(2000), 『말소리의 이해』, 서울: 한국문화사.

양병곤(2003), 『프라트를 이용한 음성 분석의 이론과 실제』, 부산: 만수 출판사. (http://fonetiks.info/praat/praatdown.htm)

윤원희(2005), 「폐쇄음 음향단서의 다차원 표현과 상관관계 분석」, 『말 소리』 55, 45 – 60.

이용권(1998) 「러시아어의 경자음 – 연자음 상관 형성과정 연구」, 『슬라 브어연구』 3권, 1 – 24.

전상범(2004), 『음운론』, 서울: 서울대학교 출판부.

표상용(1997), 『노어학개론』, 서울: 신아사.

Ahn, Sang – Cheol and G. K. Iverson(2001) Post – obstruent tensing reconsidered. *Harvard Studies in Korean Linguistics* 9, 107 – 116.

Ahn, Sang – Cheol and G. K. Iverson(2004) Dimension in Korean laryngeal phonology. *Journal of East Asian Linguistics* 13, 345 – 379.

Allen, S. J. and L. J. Miller(1999) Effects of syllable – initial voicing and speaking rate on the characteristics of monosyllabic words. *The Journal of the Acoustical Society of America* 106, 2031 – 2039.

Arvat, N. N. and Ju. G. Skiba(1977) *Drevnerusskij jazyk* 2 – e izd. Kiev.

Vyshaja shkola.

Avanesov, R. I.(1956) *Fonetika sovremennogo russkogo literaturnogo jazyka*. Moskva. Prosveshchenje.

Avanesov, R. I.(1972) *Russkoe literaturnoe proiznoshenie.* 5 − e izd. Moskva. Prosveshchenje.

Avanesov, R. I.(1984) *Russkoe literaturnoe proiznoshenie.* Moskva. Prosveshchenje.

Baum, S. R. and S. E. Blumstein(1987) Preliminary observation on the use of durations a cue to syllable − initial fricative consonant voicing in English. T*he Journal of the Acoustical Society of America* 82, 1073 − 1077.

Behrens, S. J. and S. E. Blumstein(1988) Acoustic characteristics of English voiceless fricatives: A descriptive analysis. *Journal of Phonetics* 16, 295 − 298.

Bolla, K.(1981) *A conspectus of Russian speech sounds.* Köln: Böhlau.

Bondarko, L. V.(1977) *Zvukovoj stroj sovremennogo russkogo jazyka.* Moskva.

Borden, G. J., K. S. Harris and L. J. Raphael(2003) *Speech science primer: physiology, acoustics, and perception of speech −* 4th, ed. Lippincott illiams and Wilkins

Broch, O.(1911) *Slavische phonetik.* Heidelberg.

Bulanin, L. L.(1970) *Fonetika sovremennogo ruskogo jazyka.* Moskva.

Cho, Taehong and P. Ladefoged(1999) Variation and universals in VOT: evidence from 18 languages. *Journal of phonetics* 27(2), 207 − 229.

Cho, Taehong, Sun − Ah Jun and P. Ladefoged(2001) Acoustic and aerodynamic correlates of Korean stops and fricatives. *Journal of Phonetics* 30(2), 193 − 228.

Chomsky, N. and M. Halle(1968) *The sound pattern of English.* New York. Harper and Row.

Coker, C. H. and N. Umeda(1975) The importance of spectral detail in initial − final contrasts of voiced stops. *Journal of Phonetics* 3, 63 − 68.

Cole, R. A. and W. E. Cooper(1975) Perception of voicing in English affricates and fricatives. *The Journal of the Acoustical Society of*

America 58(6), 1280 – 1287.

Crystal, T. H. and A. S. House(1988a) Segmental duration in connected speech signals: current results. *The Journal of the Acoustical Society of America* 83, 1553 – 1573.

Crystal, T. H. and A. S. House(1988b) A note on the durations of fricatives in American English. *The Journal of the Acoustical Society of America* 84(5), 1932 – 1935.

Delattre, P. C., A. M. Liberman and F. S. Cooper(1964) Formant transitions and loci as acoustic correlates of place of articulation in American English fricatives. *Studia Linguistica* 16, 104 – 121.

Denes, P. B.(1955) Effect of duration on the perception of voicing. *The Journal of the Acoustical Society of America* 27, 761 – 764.

Derkach, M., G. Fant and de Serpa – Leitao, A.(1970) Phoneme coarticulation in Russian hard and soft VCV – utterances with voiceless fricatives. *STL – QPSR* 2 – 3.

Deuchar, M. and A. Clark(1996) Early bilingual acquisition of the voicing contrast in English and Spanish. *Phonetica* 24, 351 – 365.

Di Cristo, A. and M. Chafcouloff(1976) An acoustic investigation of microprosodic effects in French vowels. *Paper presented at the 14th Conference on Acoustics.* High Tatra, Czechoslovakia.

Dorman, M. F., L. J. Raphael and D. Isenberg(1980) Acoustic cues for a fricative – affricative contrast in word – final position. Haskin Laboratories: *Status Report on Speech Research* SR – 57, 217 – 229.

Fant, G.(1960) *Acoustic theory of speech production, with calculations based on X – ray studies of Russian articulation.* The Hague: Mouton.

Fisher – Jørgensen, E.(1964) Sound duration and place of articulation. Z. Phonet. *Sprachwiss. Kommunikationforsch* 17, 175 – 207.

Fry, D. B.(1976) *Acoustic phonetics*, Cambridge. Cambridge University Press.

Gandour, J.(1974) Consonant types and tone in siamese. *Journal of Phonetics* 2, 337 – 350.

Gay, T.(1977) Articulatory movement in VCV sequences. *The Journal of* the *Acoustical Society of America* 62, 183 – 193.

Gerstman, L. J.(1957) *Perceptual dimension for the friction portions of certain speech sounds.* Unpublished doctoral dissertation, New York University.

Gottfried, T. L. and W. Strange(1980) Identification of coarticulated vowels. *The Journal of the Acoustical Society of America* 68, 1626 – 1635.

Haggard, M., A. Stephen and C. Mo(1970) Pitch as a voicing cue. *The Journal of the Acoustical Society of America* 47, 613 – 617.

Halle M.(1971) *The Sound Pattern of Russian.* Hague: Mouton.

Han, Meiko S. and R. S. Weitzman(1970) Acoustic features of Korean /P, T, K/, /p, t, k/ and /ph, th, kh/. *Phonetica* 22, 112 – 128.

Hardcastle, W. J.(1973) Some observations on the Tense – Lax distinction in initial stops in Korean. *Journal of Phonetics*, 1. 41 – 67.

Harris, K. S.(1958) Cues for the discrimination of American English fricatives in spoken syllables. *Lang and Speech* 1, 1 – 7.

Heffner, R. M.(1952) *General phonetics.* Madison. WI: University of Wisconsin Press.

Heinz, J. M. and K. N. Stevens(1961) On the properties of voiceless fricative consonants. *The Journal of the Acoustical Society of America* 33, 589 – 596.

Hombert J. M.(1978) Consonant types, Vowel quality and Tone. In *Tone: A linguistic survey*, ed. by Victoria Fromkin, 77 – 111. Academic Press.

House, A. S. and G. Fairbanks(1953) The influence of consonant environment upon the secondary acoustical characteristics of vowels. *The Journal of the Acoustical Society of America* 25(1), 105 – 113.

Howell, P. and S. Rosen(1983) Production and perception of rise time in the voiceless affricate/fricative distinction. *The Journal of the Acoustical Society of America* 73(3), 976 – 984.

Hughes, G and M. Halle(1956) Spectral properties of fricative consonants. *The Journal of the Acoustical Society of America* 28. 303 – 310. Reprinted in Fry, ed. (1976), 151 – 161.

Hume, E.(1994) *Front vowels, coronal consonants and their interaction in nonlinear phonology*. New York: Garland Publishing.

Ivanov, V. V.(1968) *Istoricheskaja fonologija russkogo jazyka*. Moskva. Prosveshchenie.

Ivanov, V. V. (1990) *Istoricheskaja grammatika russkogo jazyka*. 3 – e izd. Moskva. Prosveshchenie.

Ivanova, T. A.(1977) *Staroslavjanskij jazyk*. Moskva. Vyshaja shkoka.

Ivic, P. and I. Lehiste(1963) Prilozi ispitivanju fonetske prirode akcenatau savremenom srpskohrvatskom khjizevnom Jeziku. *Zbornik za filogijui linguistiku*, 6(Noji Sad), 33 – 73.

Jakobson, R., G. Fant and M. Halle(1951) *Preliminaries to speech analysis: The distinctive features and their correlates*. Cambridge, MA: MIT press.

Jang, Tae – Yeoub.(2000) *Phonetics of segmental F0 and machine recognition of Korean speech*. Ph. D. Dissertation, Univ. of Edinburgh.

Jang, Tae – Yeoub.(2004) Shape of vowel F0 contours influenced by preceding obstruents of different types – automatic analyses using tilt parameters. *Speech science* 11(1), 105 – 116.

Jones, D. and D. Ward(1969) *The phonetics of Russian*, Cambridge University Press, Cambridge.

Jongman, A.(1989) Duration of frication noise required for identification of English fricatives. *The Journal of the Acoustical Society of America* 85(4), 1718 – 1725.

Joseph, O. P.(1993) *Acoustics of american English speech*. A dynamic approach. Springer.

Kagaya, R.(1974) A fiberscopic and acoustic study of the Korean stops, afficatives and fricatives. *Journal of Phonetics* 2, 161 – 180.

Kang, Hyunsook and Kang, Seok – Keun(2005) Processing English [s] into Korean alveolar fricative in word – initial position. *Eoneohak* 13, 49 – 68.

Keating, P. A.(1984) Phonetic and phonological representation of stop consonant voicing. *Language* 60(2), 286 – 319.

Keating, P. A.(1988) Palatals as complex segments: X – ray evidence. *UCLA Working Papers in Phonetics* 69, 77 – 91.

Keating, P. A.(1993) Fronted velars, palatalized velars and palatals. *Phonetica* 50, 73 – 101.

Kewley – Port, D.(1982) Measurement of formant transition in naturally produced stop consonant – vowel syllables. *The Journal of the Acoustical Society of America* 72, 379 – 389.

Kim, Chin – Wu.(1965) On the autonomy of the tensity feature in stop classification(with special reference to Korean stops). *Word* 21(3), 339 – 359

Kim, Chin – Wu.(1968) Review of Liberman 1967. *Language* 44, 830 – 842.

Klatt, D. H.(1976) Linguistic uses of segmental duration in English: Acoustic and perceptual evidence. *The Journal of the Acoustical Society of America* 59(5), 1208 – 1221.

Kluender, K. R. and M. A. Walsh(1992) Amplitude rise time and the perception of the voiceless affriecate/fricative duration. *Perception and Psychophysics* 51, 328 – 333.

Kochetov, A.(2002) *Production, perception and emergent phonotactic patterns*. New York. Routledge.

Kohler, K. J.(1982) F0 in the production of lenis and fortis plosives. *Phonetica* 39, 199 – 218.

Kohler, K. J.(1985) F0 in the perception of lenis and fortis plosives. *The Journal of the Acoustical Society of America* 48(1), 21 – 32

Kolesova, V. V.(1980) *Istoricheskaja fonetika russkogo jazyka*. Moskva. Byshaja shkola.

Kosovskij, B. I.(1968) *Obshchee jazykoznanie, fonetika, fonologija, grammatika*. Minsk. Vyshejshaja shkola.

Kurowski, K. and S. E. Blumstein(1987) Acoustic properties for place of articulation in nasal consonants. *The Journal of the Acoustical Society of America* 81, 1917 – 1927.

Ladd, D. R. and K. E. A. Silverman(1984) Vowel intrinsic pitch in connected speech. *Phonetica* 41, 31 – 40.

Ladefoged, P.(1962) *Elements of acoustic phonetics.* Chicago: Univ. of Chicago Press.

Ladefoged, P.(1993) *A course in phonetics.* 4 – th, ed. New York: Harcourt College Publishers.

Ladefoged, P.(1996) *Elements of acoustic phonetics.* 2 – nd, ed. Chicago and London: The University of Chicago Press.

Lass, N. J.(1996) *Principles of Experimental Phonetics.* Missouri: Mosby – Year Book.

Lea, W. A.(1980) Prosodic aids to speech recognition. In *Trends in Speech Recognition,* ed. by W. A. Lea, 166 – 205. Prentice Hall.

Lee, Joo – Kyeong.(2000) Velar palatalization – revisited. *Studies in Phonetics and Morphology* 6(2), 415 – 430.

Lehiste, I. and G. E. Peterson.(1961) Some basic considerations in the analysis of intonation. *The Journal of the Acoustical Society of America* 33(4), 419 – 425.

Lisker, L. and A. Abramson(1964) A cross – language study of voicing in initial stops: Acoustic measurements. *Word* 20, 384 – 422.

Lomtev, T. P.(1972) *Fonologija sovremennogo russkogo jazyka.* Moskva.

Maddieson, I.(1997) Phonetic Universals. In *The handbook of phonetic sciences,* ed. by Laver, J and W. J. Hardcastle, 619 – 639. Oxford: Blackwells.

Manesevich, M. I.(1959) *Vvedeniev obshchuju fonetiku.* 3 – e izd. Moskva.

Manrique, A. M. and M. I. Massone(1981) Acoustic analysis and perception of Spanish fricative consonants. *The Journal of the Acoustical Society of America* 69, 1145 – 1153.

Mohr, B.(1971) Intrinsic variations in the speech signal. *Phonetica* 23, 65 – 93.

Moll, K and R. Daniloff(1971) Investigation of the timing of velar movements during speech. *The Journal of the Acoustical Society of America* 50, 678 – 684.

Nartey, J. N. A.(1982) On fricative phones and phonemes. *UCLA Working Papers in Linguistics*, No. 55.

Ohde, R. N.(1984) Fundamental frequency as an acoustic correlate of stop consonant voicing. *The Journal of the Acoustical Society of America* 75(1), 224 − 230.

Öhman, S. E. G.(1965) Coarticulation in VCV utterances: spectrographic measurements. *The Journal of the Acoustical Society of America* 39, 151 − 168.

Padgett, J.(2001) Contrast dispersion and Russian palatalization. In *The role of speech perception in phonology*, ed. by Hume Elizabeth and Keith Johnson, 187 − 218.

Padgett, J.(2003) The emergence of contrastive palatalization in Russian. In *Optimality theory and language change*, ed. by Eric Holt, 307 − 335.

Panov, M. V.(1967) *Russkaja fonetika*. Moskva. Prosveshchenie.

Panov, M. V.(1979) *Sovremennyj russkij jazyk*. Fonetika. Moskva.

Peterson, G. E. and H. L. Barney(1952) Control methods used in a study of the vowels. *The Journal of the Acoustical Society of America* 24, 175 − 184.

Pind, J.(1995) Speaking rate, voice − onset time, and quantity: The search for higher − order invariants for two Icelandic speech cues. *Perception and Psycophys.* 57, 291 − 304.

Purcell, E. T.(1979) Formant frequency patterns in Russian VCV utterances. *The Journal of the Acoustical Society of America* 66(6), 1691 − 1702.

Raphael, L. J., M. F. Dorman, F. Freeman and C. Tobin(1975) Vowel and nasal duration as cues to voicing in word − final stop consonants: spectrographic and perceptual studies. *Journal of Speech and Hearing Research* 18, 389 − 400.

Raphael, L. J.(2005) Acoustic cues to the perception of segmental phonemes. In *The handbook of speech perception*, ed. by Pisoni, D. B. and Remez, R. E., 182 − 206. UK: Blackwell.

Recasens, D.(1990) The articulatory characteristics of palatal consonants. *Journal of Phonetics* 18, 267 – 280.

Red'kin, V. A.(1971) *Akcentologija sovremennogo russkogo jazyka*. Moskva.

Reformatskij, A. A.(1970) *Iz istorii otchestvennoj fonologii*. Moskva.

Rubach, J.(2000) Backness switch in Russian. *Phonology* 17, 39 – 64.

Rubach, J.(2002) An overview of palatalization – i. *Studies in Phonetics, Phonology and Morphology* 8 – 2, 169 – 186.

Shcherba, D. V(1974) *Jazykovaja sistemai rechevaja dejatel'nost'*. Leningrad.

Shevelov, G. Y.(1956) *A prehistoric of slavic. The historical phonology of common slavic*. New York: Columbia University Press.

Skalozub, L. G.(1963) *Palatogrammui rentogenogrammu soglasnyx fonem russkogo jazyka*. Izd. Kievskovo universiteta. Kiev.

Skalozub, L. G.(1966) *Uprazhnenija po fonetike russkogo jazyka*. Moskva. Laboratory of Experimental phonetics, Kiev University, Kiev.

Shupljakov, V., G. Fant, and de Serpa – Leitao, A.(1968) Acoustical features of hard and soft Russian consonants in connected speech: A spectrographic study. *STR – QPSR* 4.

Silverman, K. E. A.(1986) F0 segmental cues depend on intonation: The case of the rise after voiced stops. *Phonetica* 43, 76 – 91.

Silverman, K. E. A.(1987) *The structure and processing of fundamental frequency contours*. University of Cambridge dissertation.

Soli, S. D.(1981) Second formants in fricatives: acoustic consequences of fricative – vowel coarticulation. *The Journal of the Acoustical Society of America* 70, 976 – 984.

Stevens, K. N.(1971) Airflow and turbulence noise for fricative and stop consonants: Static considerations. *The Journal of the Acoustical Society of America* 50, 1182 – 1192.

Stevens, K. N. and S. E. Blumstein(1978) Invariant cues for place of articulation in stop consonants. *The Journal of the Acoustical Society of America* 64, 1358 – 1368.

Stevens, K. N.(1980) Acoustic correlates of some phonetic categories. *The*

Journal of the Acoustical Society of America 68, 836 – 842.

Stevens, K. N.(1998) *Acoustic phonetics*. MIT Press.

Strevens, P.(1960) Spectra of fricative noise in human speech. *Language and Speech* 3, 32 – 49.

Tomson, A. I.(1910) *Obščee jazykovedenie*. Odessa.

Umeda, N.(1977) Consonant duration in American English. *The Journal of the Acoustical Society of America* 61(3), 846 – 858.

Umeda, N.(1981) Influence of segmental factors on fundamental frequency in fluent speech. *The Journal of the Acoustical Society of America* 70, 350 – 355.

Walsh, M. A., K. R. Kluender and R. L. Diehl(1988) Friction duration and amplitude rise time as cues to the voiceless ricative/affricate distinction. *The Journal of the Acoustical Society of America* 84(Supp. 1) S156.

Whalen, D. H.(1981) Effects of vocalic formant transitions and vowel quality on the English [s] – [š] boundary. *The Journal of the Acoustical Society of America* 69, 275 – 282.

Whalen, D. H. and A. G. Levitt(1995) The universality of intrinsic F0 of vowels. *Journal of Phonetics* 23, 349 – 366.

You, H. Y.(1979) *An acoustical and perceptual study of English fricatives*. M. A. thesis, Univ. of Edmonton.

Zinder, L. R.(1979) *Obshchaja fonetika*. 2 – e izd. Moskva.

Zsiga, E. C.(2000) Phonetic alignment constraints: consonant overlap and palatalization in English and Russian. *Journal of Phonetics* 28, 69 – 102.

Zue, V.(1976) *Acoustic characteristics of stop consonants: a controlled study*. Ph. D.: MIT.

본서에 사용된 러시아어 음소 전사 표기

러시아어	전사	러시아어	전사
a	a	п	p
б	b	p	r
в	v	c	s
г	g	т	t
д	d	у	u
e	'e	ф	f
ё	'o	x	x
ж	ž	ц	c
з	z	ч	č
и	i	ш	š
й	j	щ	šč
к	k	э	e
л	l	ю	'u
м	m	я	'a
н	n	ы	y
o	o		

* 모음 앞의 '''표시는 모음 앞 자음이 연자음임을 나타낸다.
예) 경자음 [pa]와 연자음 [p'a]

▌학력 사항

부산외국어대학교 러시아어과 졸업
한국외국어대학교 일반대학원 노어과(노어학 석사)
한국외국어대학교 대학원 노어과(노어학 박사)

▌강의 경력

부산대학교
부산외국어대학교
연세대학교
한국외국어대학교

▌논문실적

「러시아어 어말무성음화의 음향음성학적 연구」(2008)
「합성을 통한 러시아어 평서문 운율 구조 분석」(2008)
외 다수

러시아어 자음의 이해

초판인쇄 | 2009년 6월 10일
초판발행 | 2009년 6월 10일

지은이 | 변군혁
펴낸이 | 채종준
펴낸곳 | 한국학술정보㈜
주 소 | 경기도 파주시 교하읍 문발리 파주출판문화정보산업단지 513-5
전 화 | 031) 908-3181(대표)
팩 스 | 031) 908-3189
홈페이지 | http://www.kstudy.com
E-mail | 출판사업부 publish@kstudy.com

등 록 | 제일산-115호(2000. 6. 19)
가 격 |
         18,000원
ISBN 9   aper Book)
      978-89-268-0016-4 98890 (e-Book)